贈以風信子

Hyacinthus
For
You

因為我無法跟妳走，
所以妳留下來吧，
跟 我 一 起 留 在 地 獄 裡 。

Trouble Vivi 著

一、復花

趙莎莎還是會常常想起蔚以珊。

走在人行道樹蔭下的時候、笨拙地給自己上髮捲的時候、替風信子澆水的時候、菸頭燒盡的時候、下班後在便利商店吃泡麵的時候、在樓下找停車位的時候……這女人占據了她大半人生，導致她的時間只分成兩種：有蔚以珊的時候、沒有蔚以珊的時候。

趙莎莎不曉得蔚以珊現在幸福嗎？李廉是不是又讓她傷心了？明明她曾威脅過他怎樣都不能讓蔚以珊流眼淚……他真不是個好男人，然而趙莎莎只要一講李廉的壞話，蔚以珊肯定又會跟她鬧翻天，她不懂蔚以珊爲什麼死心塌地非得跟那人過一輩子？

趙莎莎曾答應過蔚以珊會好好照顧這盆風信子，可是它還是枯萎了。如果蔚以珊看到它的慘樣，一定會急急忙忙替它澆水，然後把她罵得狗血淋頭，沒辦法，她就是個粗線條的女人，不擅長養任何東西。

就像蔚以珊最後也跟人跑了一樣。

想到這，趙莎莎笑了，像是自嘲。

上吊失敗後趙莎莎想了很久，覺得自己爲一個禽獸而死，人生也太憋屈了吧。

她用盡全力哭泣，發出小孩子般的嗚咽，像隻受傷的小獸在地上掙扎，蜷成一團，哭得一抽一抽的，多希望自己能消失不見。

斷掉的繩子在眼前晃來晃去，她橫躺在地上，看著窗外金黃的夕陽，像一團熊熊烈火，明亮卻溫柔地映照在風信子上，拖出一抹斜斜的影子。

她像個瘋婆子一樣，一頭亂髮，顫抖著身子爬了起來，從外套口袋摸出菸盒，顫顫巍巍地點火。菸頭燒得通紅，尼古丁讓她稍微鎮靜下來，但是吸一口後馬上就用力咳嗽，像是要把五臟六腑都吐出來一樣。

呆看著夕陽西沉，喉嚨的不適感緩了下來，趙莎莎抹一抹滿臉的淚水鼻涕，下定決心，該了結這一切。

好像就是從那天起她不再澆水，看著風信子日漸枯萎、失去光彩，虛弱地垂下身子，葉片乾枯扭曲，最後死去，用不了幾天時間。

趙莎莎冷靜地在一旁抽菸，看著對面那戶在花窗子旁打電玩的小弟弟，偶爾伸手摸摸陽台的衣服，確認曬乾了沒，等到最後一根菸燒完了，她把風信子扔進垃圾桶裡。

她在手機打上訊息：「山山死掉了。」

猶豫半晌還是沒發出去，她從來就報喜不報憂，何況現在她們也不再是能閒話家常的關係了。她把身子重重裹進棉被裡，天氣不冷，可這樣做讓她有安全感，有種被人擁入懷中的錯覺。

趙莎莎想，丟了山山後，也該擰死她的心了，要這樣沒完沒了到何時，非得把自己都賠上是嗎？

她太討厭因爲蔚以珊而停滯不前的自己了。

停職兩個月後趙莎莎再度復職，捲上大波浪髮捲、擦上橘紅色口紅、眼睫毛刷得根根分明，套上修身的襯衫、短裙及高跟鞋，她的身子本就高眺，整個人看來神采飛揚。同事宜雯說她本來底子就好，認眞打扮後更亮眼了。不太懂一個好看的女生該是什麼樣子，她尷尬地笑著，硬是回贈了幾句客套話。

趙莎莎是眞不懂化妝，這些都是蔚以珊教她的，蔚以珊推薦她什麼，她就買什麼。每次蔚以珊都嚷著：「妳要根據膚色挑粉底液啊，我偏白、妳是小麥色，我們怎麼能一樣？妳去屈臣氏都不試色的嗎？」

「我哪知道這些，看起來都一樣。」

「妳眞不是女的。」蔚以珊失笑。

趙莎莎手拙，用電棒捲不順手索性就說不學了，想著當女生怎麼這麼麻煩？

蔚以珊說：「不行，妳現在學了，十年後會感謝我的，沒騙妳，就信我這一次！」連哄帶騙的，蔚以珊硬是教會她使用電棒捲，手把手地一步一步講解，語氣像在教小學生一樣溫柔。

時光荏苒，趙莎莎也從化妝新手畢業了，這還得感謝她的美妝小老師呢，偶爾趕場開會時，她還替其他新人妹妹們補妝。她們的皮膚光滑水潤，不像她眼角都有細紋了，不知道是被自己氣出來，還是被生活苦出來的。

她感到有些好笑又有些心酸，不知不覺，也十年了啊。

十年的時間帶來太多東西，也帶走趙莎莎太多東西，一部分的自己死去，一部分新生，她也不再是以前那個敢怒敢言、年少輕狂的趙莎莎。

現實會讓人成長，她以前太貪心，現在覺得能抽一根菸就挺幸福的，不敢再跟神要求太多，貪得無厭會遭報應的。

「莎莎，身體好點了嗎？休了兩個月，氣色好多了啊！休息是爲了走更長遠的路嘛，妳說對不對？」李主任邊笑邊拍了一下她的肩膀，像是給她打氣。

「對啊。就是工作積得多，這幾天得加班了啊。」趙莎莎開玩笑地說。

「妳命苦還是我命苦啊？心愛的下屬生病了，其他的下屬能力不足，我不就是要自己扛了嗎？我也年過半百了，妳說我不是該好好養身子嗎？我最近常常這邊疼那邊疼，年紀大了也忘東忘西……」

「是是是，您命苦，全世界您最可憐。」她敷衍地笑著。

李主任笑盈盈，「今天不跟妳吵啊！回來就好、回來就好。」

趙莎莎跟李主任一直都是這樣相愛相殺的關係，從她還是菜鳥開始，就是李主任帶她的，硬是把她拉拔長大，連她也沒想過自己能在行銷部獨當一面。

李主任什麼都好，就是不太正經；趙莎莎什麼都好，就是個性衝了點。他們相處起來，簡直像老夫老妻，其他人都說他們上輩子肯定是靈魂伴侶，兩人聽了很有默契地送給對方一根中指。

「呸呸呸，如果真是這樣，那我上輩子肯定是被她氣死的，心臟病發！」

「拜託，假設世界毀滅只剩下您一個男人，我也不會愛上您喔。」趙莎莎故作優雅地微微一笑，吐出的言語字字傷人。

最後還是李主任委屈巴巴地去和營業部的老劉告狀：「趙莎莎她不是人，是惡魔！我上輩子一定造了孽，老天才派她來收了我。」

「你要惜福！這樣不是上班都不無聊了嗎？有人每天跟你吵你還嫌啊，我們莎莎多討人喜歡。」老劉邊說邊朝趙莎莎眨眼，他總是很疼她。

「我害怕！她嘴上不饒人！」李主任欲哭無淚。

她喜孜孜地想，您就哭吧。

趙莎莎在行銷部混得風生水起，經手的案子都有品質保證，除了偶爾跟合作夥伴鬧不合外，倒是挑不出其他問題。

李主任總要她改改那臭脾氣，她說：「不行啊，您見過十全十美的人嗎？要是招人忌妒被暗算了怎麼辦？」

有外貌又有能力，個性也大方，趙莎莎自然有一些追求者，有些人還常來找李主任打勤獻趣，無非是希望他去說媒。

李主任總是用望著可憐蟲的眼神打量這些前仆後繼的追求者，他就沒看過趙莎莎跟誰好過！不知是眼光太高還是提不起勁，小女孩孤家寡人怪可憐的，他勸說著讓她多約會，有益身心健康。

當時趙莎莎只是一臉認眞地望著他，「主任，那我當您的小情人好不好啊？我的要求不多，偶爾請我吃飯就行了。」

李主任慌了，怎麼就沒想過這可能性呢！小女孩整天跟他吵吵鬧鬧，難不成喜歡他？他小學時也欺負過喜歡的女孩啊！腦袋空白了半晌，他支支吾吾地說：「我已經成家了，有漂亮老婆，還、還有兩個小孩……」

然後他抬眼看見趙莎莎鄙視的眼神，才發現自己被耍了，氣得臉紅脖子粗，心想，妳就單身一輩子吧！過分的丫頭！出家當尼姑算了！

久違地開始上班，趙莎莎有些力不從心，她不曉得以前自己到底都是怎樣操壞身子的，她明明沒有特別愛上班。大概是因爲認眞做事時腦袋就不會那麼亂了，她靜不下心，只能用這種方法麻痺自己。

兩個月的長假過後，她也不知道自己有沒有休息到。

就某種意義來說，在這兩個月中，她算是死過一次了，現在的她有沒有脫胎換骨不清楚，至少她的腦袋明白了，她想好好過新的生活。

「莎莎姊！妳怎麼能一夕之間把聯絡方式全換了，我前幾天想通知妳復職，還以爲我打錯電話呢！」宜雯說。

「抱歉啦！對了，地址也得改，我最近要搬家了。」她笑著一把拿過宜雯手中的滑鼠，把過去的資料全部刪除，不留餘地。

「莎莎姊，發生什麼事了嗎？」宜雯擔心地問。

「有時間擔心我，不如擔心妳手上的企畫案。」她指著隔壁桌上那一疊資料夾，過了兩個月看起來似乎沒減少？

宜雯發出了嘆氣聲，「啊！是莎莎姊沒錯！莎莎姊回來了！」

中午吃過飯後，趙莎莎和李主任在吸菸區有一搭沒一搭地聊天，李主任問：「爲什麼把聯絡方式都改了？居然還要搬家，這兩個月發生了什麼事？」

「我本來就是個喜新厭舊的人，租房住膩了就換，IG用膩了就刪，情人看膩了就分——啊，我沒有情人。」趙莎莎自顧自地笑了，「我難得講笑話，您好歹捧場一下吧，怪尷尬的。」

李主任皮笑肉不笑，「我信妳才有鬼。」

空氣中有種潮濕氣味，遠處隱隱傳來了悶雷聲，天空烏雲密布。

「要下大雷雨了。」李主任道。

她想起天氣預報說最近都會有午後雷陣雨，看來是真的。

蔚以珊的身影冷不防出現在她的腦海中，她知道她最討厭下雨天了。

李主任問：「莎莎，妳快樂嗎？」

她難得乖順，不打哈哈、不耍嘴皮子，只是盯著遠方一片陰鬱，「我也不知道。」

回家後趙莎莎軟軟地癱在沙發上，妝都還沒卸、澡也還沒洗，她就想先睡覺了。白天累個夠，晚上她才不那麼容易失眠，睡眠對人體而言有多麼重要她先前領教過了。

回憶起兩個月前暈倒那天，那時她近乎半年沒睡好，頂著厚重的黑眼圈，粉底液也遮不掉，越遮越像是被人揍了一拳，又黑又青的。

宜雯問她，「昨晚又沒睡好啦？」

她點頭，恍恍惚惚地開了電腦，文件裡的字突然變得模糊起來，她揉了揉眼睛，再定睛一看，又恢復正常了。她慶幸地想，這應該只是連夜沒睡好的後遺症吧，她可不想戴眼鏡，小時候她還把視力好這件事拿來炫耀呢。

把桌面零散的文件裝進牛皮紙袋，她跟宜雯說：「我拿資料給主任，妳幫我追一下運動飲料那邊的合作案進度。」

宜雯點點頭，轉身找電話號碼。

她開始想等等李主任又要嫌她的熊貓眼難看了，她該怎麼回嗆才好呢？想到這心情就好起來了，李主任一直都是她的開心泉源。

起身走了兩步，她突然雙腳一軟，直直地往地上倒去。

「怎麼啦？誰跌倒了？」

「莎莎姊！沒事吧？」

趙莎莎覺得有些丟臉，想站起來，卻使不上力，額角疼得讓她想哭，她聽見許多人在叫她的名字。她想說沒事，可發不出聲來，意識逐漸渙散，像跌入深不見底的黑洞。

趙莎莎的手指顫了顫，睜眼瞬間看見的是蒼白的天花板，同時也聞到醫院特有的刺鼻藥水味。

她看著坐在一旁椅子上的李主任，他眉心全皺在一起，頭頂已經微禿一塊，不禁想著他什麼時候那麼蒼老了？

見她醒了，李主任有些心疼地捏了她鼻子一下，「撞得那麼大力，鼻子還沒歪，看來是真的。」

趙莎莎笑了，「我剛醒來，您第一句話就說這個，良心不會痛嗎？」

「妳原本就不正經，這次撞了腦袋，看看能不能變正經一點，負負得正妳懂吧。」

「這是對病人該說的話嗎？我要哭了。」

李主任呵呵地笑著，「不騙妳，妳剛剛真的哭了，但我不會告訴任何人，我們是好朋友嘛，有點祕密，正常、正常！」

她想叫李主任別唬爛了，可伸手去摸臉頰時，真的摸到了未乾的淚痕，她看著手指上的淚珠沒說話。李主任告訴她醫生說她是累過頭，年輕人不愛惜身體以後會後悔莫及，而後囑咐她再多睡一點，便找個藉口離開病房了。

趙莎莎看著點滴中的液體帶有規律地滴答下墜。

她感到有些奇怪，夢中她明明沒掉眼淚。

夢的場景是她家樓下，深夜無月，無邊的黑暗吞噬她們，路燈把她們的影子拉長得不成比例。

趙莎莎靠著車子，沉默地抽著菸，省略了前因後果，她開口：「我們再也別見面了，我累了。」

蔚以珊緊咬著下嘴唇，死活不讓自己哭出聲來，彷彿那是她最後頑強的抵抗。她手中那袋冰啤酒因爲退冰，小水珠不斷從塑膠袋上滴下，一滴一滴，聚集成一個迷你水窪。

「妳眞自私。」蔚以珊把啤酒扔到地上。

鋃鐺一聲，好幾罐啤酒咕嚕滾了一地，有一罐還滾到趙莎莎的腳邊，冰得她縮一下身子。

接著，蔚以珊頭也不回地走了。

這是她們最後一次見面。

李主任從病房裡出來後，老劉已經站在外面等他。

「如何，有聯絡到嗎？」李主任問。

老劉沉默了半晌才說：「她父母應該是在她國中的時候走的，死因是車禍。之後她一直待在姑姑家，但聽說關係不太好，一考上大學她就搬走了，一個人生活到現在。」

李主任默默地點燃一根菸，似乎忘了這裡是醫院的走廊。

「小李，你知道嗎？之前我有時看到她下班一個人坐在便利商店裡吃杯麵，別人都趕著回家吃飯，我只覺得這女孩生活獨立，還勸她多跟家人吃飯。她笑著說她喜歡自己吃飯，耳根子清靜。現在想來我眞多嘴……她不是喜歡一個人，她是眞的只有自己一個人了。想到這，我就怪心疼的……」老劉朝著病房內望了一眼繼續說：「我有時覺得這丫頭挺孤獨的，她的倔強跟高傲都是做做樣子而已。」

片刻過去，李主任才說上一句，「臭丫頭，履歷都亂寫……」

趙莎莎把自己藏得太深太深了。

✱

趙莎莎突然想起「窮途末路」這個詞。

她現在無處可逃，四周都是嚴實的高牆，推也推不動，她只能被困在裡頭乾著急，等著被生吞活剝。

近乎半年沒見到蔚以珊，她總算有點相信「思念是一種病」了。

不只是蔚以珊，她的病大概跟李廉也脫不了關係。

出院後，她下定決心寫了封辭職信給李主任，自認寫得文情並茂，想著以後再也見不到面了，一反平時的嘴貧，不害臊地寫了一堆感謝的話。

信封袋上直接了當寫了「辭職信」三個字，字體工整清麗。

送去給李主任時，她連帶將其他資料夾一起送過去，她沒勇氣直接了當地把信擺在對方眼前，只期待他翻一翻文件就翻出了這封信。那一天下午她都坐立難安，直到晚上她才收到李主任的訊息。

「辭職後，要去哪？」

「去澳洲。」她沒想過未來規畫，隨便胡謅了一個地方。

李主任已讀她的訊息，卻遲遲沒回，隔了約莫半小時後才收到回覆：「明天來我辦公室一趟吧，有東西給妳。」

她沒想過李主任會這樣平淡地接受，看在他們的交情上，好說歹說也要慰留一下吧？可他現在連做做樣子都省了，眞夠冷血無情。

但她還是鬆了口氣，畢竟她在信中寫的都是一些不著邊際的辭職理由，只是李主任沒追問罷了。

隔天一早，她不安地走進李主任的辦公室。

李主任把一個牛皮紙袋推到她面前，神祕兮兮地說：「妳猜裡面是什麼？」

「澳幣吧。」她想也不想直說。

「錯了，再猜再猜。」李主任雙眼亮晶晶的，像在逗小孩玩一樣。

「支票。」她補充，「現金一疊麻煩又招搖，還是支票好一點。」

李主任拉下臉來，不斷催眠自己：大人有大量，不要跟一個小女孩過不去。

而後，他搖搖頭，示意她又猜錯了。

這次趙莎莎明顯遲疑了，她思考了一下，小心地開口：「……機票？」

他可以揍人嗎？再不揍，他覺得自己會吐血而死。

然而李主任還是打起精神說：「妳打開看看吧。」

她還是有些期待的，盡管沒有眞的安排出國，可若有人出資她當然就去玩一趟啊！

拆開信封，趙莎莎發現裡面是她之前寫的離職信，只不過在信末李主任添上一句：

「我才不准妳逃走！」

「妳該不會覺得我會讓妳辭職吧？想得美啊，聽好了，我放妳兩個月的假，這兩個月呢，妳就好好休息，好好思考人生方向，當作放暑假。妳說我怎麼就這麼大方呢？還有澳洲什麼的妳覺得我會相信嗎？拜託，妳是趙莎莎耶！妳說的話能信，太陽都要從西邊出來了！」

「所以您把我的離職信換了個信封裝？」

「喔，對啊。」他樂不可支，「好不好玩？」

「……挺好玩的。」拜託可以讓她離職嗎？現在、立刻、馬上。

李主任欣慰一笑，「好好休息享受生活。今晚吃烤肉吧，我請妳！」

夜市，一個城市入夜後最明亮的地方。

人潮熙來攘往、紛紛鬧鬧，各種食物的香氣撲鼻。李主任拉著她坐在一攤烤肉店裡，座位是露天的，有許多張小矮桌，他們挑了邊上的一張坐。

李主任說，烤肉就是要選露天的，這樣烤多有味道、多有意思。

趙莎莎好奇地四處張望，她長大成人後就沒再逛過夜市了，在蜂擁而來的人潮中，她覺得自己特別寂寞。那些笑得合不攏嘴的人看起來很開心，可是即使她跟他們一同笑著，那些快樂也不會變成她的。

肉片跟配料陸續送來，李主任「啪嚓」一聲開了火，放下肉片時發出油脂特有的氣泡聲，聽著挺痛快的。她忽然就覺得餓極了，跟著把其他配料都放上去烤，把烤盤塞得滿滿的。

李主任又叫了幾罐啤酒，四周人聲嘈雜，旁邊那桌在划酒拳、另一邊在慶生，他們對彼此說話時都要把音量放大才行。

「妳什麼時候才要找個人陪，妳不孤單啊？」他邊說邊把肉翻面，熟練地刷上烤肉醬。

趙莎莎莞爾一笑，伸手夾了一大片肉塞進嘴裡，「我不孤單啊。倒是您，孤單的時候、跟老婆吵架的時候、想吃肉的時候，歡迎找我，我會義不容辭來見您的。」

「爲什麼聽起來像是妳想蹭飯吃啊？」他總覺得「想吃肉的時候」被趙莎莎用螢光筆畫起來，還外加三顆星。

「看來人老了耳朵也會不好。」她裝傻到底。

李主任樂呵呵地笑，內心卻感傷地想，這小丫頭如果是他的親女兒多好。他鐵定不會讓她受苦，也不會讓她像在臉皮上黏張面具似的，寂寞了也不哭不鬧，只知道打哈哈蒙混過去。

李主任鬱悶地灌一口酒，問：「妳有沒有對象？」

趙莎莎沒說話，他乘勝追擊，「我們組裡的小陳單身，工作認真，做人也老實；營業部的克強朋友多，人活著就是要開心嘛，他很好笑，妳跟他聊過沒有？阿雷長得帥，就是小妳幾歲，但年紀不是問題……」

「小陳太安靜，相處起來會悶死人；克強太吵，我脾氣不好，不小心動手打他怎麼辦？阿雷呢？我想想，長得像我鄰居以前養的小白狗，牠常咬爛我的布鞋，我對牠沒好感，可能會因此遷怒他也說不定。」

李主任氣得把她碗裡的肉全夾走，「人家不一定要妳呢，還嫌！」

趙莎莎眼睜睜看著自己的肉被吃個精光，忿忿不平道：「人家喜歡我，我的回答是這樣；不喜歡我呢，我的回答還是這樣，我做人多老實！」

李主任懶得理會趙莎莎的瞎掰，仰頭把啤酒一口乾掉，繼續叫了更多啤酒。

趙莎莎不服輸地也跟著灌了幾瓶，淨挑肉吃，菜都扔到一旁。有點醉意後，她說：「我跟你說一個祕密，其實我真的有一個喜歡的對象。」

「那就去追啊，妳有什麼不好的，人家會不喜歡妳？女孩追男孩呢，有時候主動一些，臉皮厚一點，對方一下子就明白了。」李主任很高興她終於肯開口。

趙莎莎臉上還是掛著笑，眼角卻泛出淚光，「她結婚了。」

烤盤裡的肉噗滋噗滋作響，油花四濺。

李主任嘆氣，「妳還年輕，沒必要和已婚人士過不去。」

「我知道啊。」她不斷捏著已經被壓扁的啤酒罐，捏到指甲都泛白了，「我逃到哪，她就出現在哪，每當我以爲我快要忘記她的時候，她又突然出現了，眞的好過分……我以爲我很生氣，但其實我心裡是開心的，她一站到我面前，什麼糾葛我就都忘了。我這輩子都逃不了，無論天涯海角。」

李主任心裡像堵了一口氣，「妳說說看吧，他是怎樣的一個人，我挺好奇是什麼樣的男人讓妳如此念念不忘？」

趙莎莎敬他一杯酒，「不說她。倒是她的對象是個特別爛的人，特別特別爛，該下十八層地獄把他虛假的外皮扒下來，永世不得超生。」

李主任皺了皺眉，心想嫉妒果然可怕，「妳說話怎麼這麼恐怖啊。」

她只是一如既往笑著，「我說的是眞的。」

後面還有一句話，只不過被隔壁桌喧鬧的玩鬧聲蓋住了——只是沒人相信我。

李主任沒聽見，只問：「妳喜歡的人，他幸福嗎？」

趙莎莎看著李主任，燒烤店招牌的霓虹燈把他的五官照得一晃一晃的。她想起蔚以珊第一次跟自己說她有喜歡的人了、蔚以珊跟李廉親吻的瞬間、蔚以珊崩潰地說李廉不愛她，她死了算了、蔚以珊亮出手上那枚戒指，笑得好甜好甜……

「幸福。」她喃喃地說，眼圈都紅了。

李主任生氣卻也心疼地揉揉她的腦袋，「死腦筋！」

趙莎莎又醉又傷心地說了一句，「李廉你去死吧。」

李主任想這「李廉」大概是她喜歡的人吧，便順著說：「李廉你去死吧。」讓趙莎莎傷心的男人都別活了啊。

兩人相視而笑。

「等等妳嫂子會開車來，順便載妳回家啊。」李主任提議。

「不用了，要是你等等獸性大發，對嫂子……這個那個的話，我在場不太好，我未成年，不好意思看。」

李主任想這女孩眞是口無遮攔，自己沒把她炒魷魚，肯定是修養太好！

他又說了幾次，趙莎莎依舊不肯搭順風車，只好塞幾張紙鈔給她，讓她叫計程車。

她彎了彎嘴角，「主任您今天特帥啊。」

李主任沒好氣地說：「兩個月後見。」

趙莎莎使勁地點頭，然後往巷子另一端走去，纖瘦的身影彷彿被夜色吞沒，在接踵而來的人群中，像一隻失群的雁鳥。他忽然有一種錯覺，她一走，就再也不會回來了。

李主任心裡有點慌，可是當他想喊住趙莎莎時，她已經消失在人群中了。

接下來兩個月，趙莎莎大半都是在家裡度過的。她愛上一早起來手洗衣服，在一個大盆子裡又踩又踏的，泡沫淹沒了她的腳趾，她總會花上半小時，洗完後再一一把衣服擰乾，最後曬在花窗子外。她喜歡看著陽光穿過白襯衫透進來的樣子，溫煦而舒服。

洗衣精散發香氣，她賴在小陽台不肯走，盯著對面幾戶的陽台看，那個小弟弟又在打電動了、陽台種滿波斯菊的奶奶今天也很早起、三樓的回收堆得好高還不拿去丟……她總是忍不住觀察其他人的生活，偶爾犯菸癮，還會躲去樓梯間抽，就是不想讓菸味蓋住這好聞的味道。

閒暇時間趙莎莎開始學做菜，燉牛肉、咖哩、涼拌沙拉、奶油濃湯、戚風蛋糕……她寫滿了一筆記本的食譜。有時候搞錯分量做得太多，猶豫著要不要分給鄰居，但她不是敦親睦鄰的類型，現在又沒有蔚以珊來分食，索性就全倒廚餘了。

筆記本第一頁，是塗改多次的燉牛肉作法，她想起那段時光，蔚以珊有次吃了，大喊：「就是這個味道！跟我媽媽做得一樣！」

蔚以珊心滿意足地吃完整鍋，連最後一塊蘿蔔都不放過，從此她就只照著這個食譜做。

趙莎莎想著，今天就煮燉牛肉吧！然後久違地放入大把辣椒，畢竟蔚以珊不吃辣，每每放了辣椒她都要哭出來。

她已經太久沒有爲自己而活了。

本來趙莎莎一直認爲自己是個樂觀的人，但最近她覺得自己可能哪裡不對勁。

她常常做噩夢，夢過李廉也夢過蔚以珊，夢過死去的爸媽，夢過大姑，也夢過自己。夢裡是一片虛無縹緲，夏日的熱浪將所有東西攪在一起，她想伸出手抓住什麼，卻發現自己的手融化成一灘水窪，然後她忘記了自己原本想抓住什麼。

那陣子她抽菸抽得更凶了，不要命地抽，好像只有尼古丁能讓混亂的思緒冷靜下來。停止上班後，時間突然變得好長，可有時候又變得好短，她一睜眼一天就過了。

有次她躺在沙發上，看電視播放戒菸宣傳影片，她想自己的肺大概就像畫面上出現的X光片一樣漆黑。她覺得好笑，又覺得抽菸抽到死其實還滿幸福的，隨手再點了一根菸。

趙莎莎又想起了蔚以珊，那個討厭菸味的女孩，總被嗆得咳嗽流淚。有次蔚以珊搶走她藏在外套口袋裡的菸盒，氣著說她全都要扔了。

「別鬧了還給我。」

「妳這樣有一天會抽到死掉，妳不知道嗎？」蔚以珊紅著眼眶說。

「哇！那也挺幸福的，能做自己喜歡的事情到死耶。」她笑著說。

這樣的對話已經不是第一次出現了，只不過這次蔚以珊多說了一句。

「趙莎莎！」眼淚從蔚以珊的眼角滑落，「可是我不要妳死掉，我不要沒有妳的世界。」

該死，大概就是被那句話蠱惑，趙莎莎開始少抽菸了。

山山死掉了，它的球根已經開始發爛，安穩地躺在垃圾桶內，混著被壓扁的啤酒罐和便利食品殘骸。

趙莎莎不知道該不該告訴蔚以珊，畢竟名義上是她們兩人一起養的風信子，她好像有告知的義務。

大學那時她從大姑家搬出來，找到這處租金便宜的套房，坪數小，卻應有盡有，蔚以珊來幫她整理行李，看著空曠的陽台說：「我們來養花吧。」

趙莎莎第一時間想拒絕，覺得自己不適合養任何東西，無論是動物或是植物，但看著那個興高采烈的女孩，她不忍心開口拒絕，便鬼迷心竅地點了頭。

當天傍晚蔚以珊拉著她去附近的花店，那間店的門口擺放著各式各樣的花卉，香氣撲鼻。蔚以珊好奇地每種花都盯著瞧，而她則望著一盆貧瘠的盆栽，上頭的照片是雪白的花卉。

一旁澆水的奶奶熱心地說：「這盆是風信子，還沒長大，不同顏色有不同的花語含意，白色的是指『暗戀、不敢表露的愛』。」

「就這個吧。」趙莎莎道。

一旁的蔚以珊見她已經選完，笑著問：「要取什麼名字才好呢？」

「妳取吧，妳最擅長這種事了。」

蔚以珊笑得燦爛天真，「那就叫山山吧！你好！要快快長大開花喔！」

趙莎莎在一旁也笑了，「山山」聽著就像在叫蔚以珊一樣，叫得親暱動人，她挺喜歡這名字。

念舊如趙莎莎，還是會忍不住去看蔚以珊的Instagram動態，像自虐一樣。看她和李廉去哪玩，又幹了什麼蠢事，確定她過得幸福快樂後，就覺得自己過去做的一切都值得了。

當初狠心開口說別再見面的是趙莎莎，那時她努力裝作瀟灑，但是如果蔚以珊哭著求她別走，她一定邁不開步伐，可是蔚以珊沒有，她決絕地咬著嘴唇，沒有流淚。其實趙莎莎一直都明白，那個柔弱的女孩骨子裡比誰都執拗。

她往前滑著蔚以珊的貼文，她們一起去過好多地方，空無一人的祕境海灘、累死人的野外露營、鄉下的璀璨星海……大學時她還爲了可以載蔚以珊出去玩，努力克服心理恐懼考了汽車駕照呢。

那些合照坦然地出現在蔚以珊帳號的頁面，不像她，深怕別人看出端倪，於是做賊心虛地全隱藏起來。

十年之間，只有她一個人獨自陷入深淵，多麼可笑。

趙莎莎回味完那些貼文，一鍵刪了Instagram和Facebook帳號，接著她打開LINE，她們最後的對話還停在去年夏天蔚以珊問她「買台啤好嗎」，那天也是她們最後一次見面。

她繼續往上滑，對話開始充斥著「阿廉」——這個闖進她們生活中的名字，她努力往上滑，想找到只有她們兩人的時候，卻發現已經滑到底，找不到了。

於是趙莎莎也刪了LINE，她明天還要換新的電話號碼，然後要找新的套房，一樣找公司附近的，最好還要有個能曬衣服的大陽台。

盡力抹去自己所有存在過的痕跡，趙莎莎想著她和蔚以珊再也不會見面了，再也不會。說她是膽小鬼也無所謂，她就是要逃得遠遠的。

她會重新振作，這次只爲了自己而活，她一直以來都是個堅強的人不是嗎？

趙莎莎把上吊失敗後那截斷掉的繩子拆下來，用力地丟進垃圾袋裡。

復職前一天，趙莎莎已經把家裡清理得差不多了，看著那些收拾成一箱箱的行李，她才發現自己的行囊少得可憐。

聯絡了搬家公司並定好時間，她倚在牆上，看著花窗子外華燈初上，對面的眼鏡小弟還在打電動，波斯菊奶奶在木椅上睡著了，三樓的回收堆好像少了一些……空氣中飄來某戶人家的炊飯香味，眞香啊，她都快想不起爸媽做的飯菜是什麼味道了。

這間套房承載了太多回憶，無論好的壞的。

她緩緩點了一支菸，輕聲說了一句再見。

誠如預報所說，外頭雷聲大作，並且下起了傾盆大雨。

趙莎莎摸了摸手拿包，才想起雨傘也被她扔在封箱的紙箱裡了。看著滂沱大雨，她想，租的房子離公司不遠，要不要乾脆跑回去算了？剛踏出半步，後頭就有人叫住她。

「莎莎！要不要一起撐傘？」是營業部的克強。

「我跑回去就行了，我家離這邊很近。」她禮貌地笑著拒絕。

「那可不行！雨這麼大妳會感冒的！幾個月前妳才昏倒過，不要太逞強了！」克強強勢地將她拉進傘下，「我送妳到妳家樓下吧，是哪條街？」

趙莎莎忍著心裡突然湧現的不適感，催眠自己克強是個好人，反射性地摸向外套口袋，「抱歉，我可以抽菸吧？」

「當然可以！」克強笑了起來，同時將雨傘往趙莎莎的方向傾斜，不讓自己的女神淋到一滴雨。

克強似乎被打開了話匣子，和她講了很多有趣的事。她想起去吃夜市烤肉那天，李主任一直要她去和克強聊聊天，說他有個有趣的靈魂，在一起不會無聊。

的確如此，她好像很久沒像這樣被逗樂了，心情跟著放鬆下來。

「……然後那個公司的部長開會到一半就突然唱起歌了，超突然，完全無預警那種！『雙人枕頭若無你，也會孤單』哈哈哈哈哈！我們都愣住了，不知道該怎麼接話，到底是要先驚訝，還是要先捧場啊？」

「真的假的？那個嚴肅的部長？不是你瞎掰的吧？」她笑了出來。

「啊！太好了，妳終於笑了！」克強低下頭來，有些羞赧，「其實我覺得妳復職後看起來心情不太好，有點擔心妳。」

她有心情不好嗎？

「而且這不是我瞎掰的啦，真應該錄起來讓妳也看看！」

克強還在說話，她有些侷促，不知道該回應什麼，她從來就不喜歡在別人面前展現脆弱的一面。

趙莎莎側身看向對街，僅此一眼，便被定格在原地動彈不得。

「怎麼了？」克強停下腳步，心疼地看向女神半邊濕掉的肩膀。

對街有個女孩沒有撐傘，獨自一人站在滂沱大雨中，齊肩的鮑伯頭濕得全黏在臉上，白襯衫隱隱透出底下雪白的肌膚。她站在熙來攘往的人群中，直直地望向這邊，小鹿般的雙眼通紅。

此刻，時間宛如靜止般。

「抱歉克強，你先走吧。」趙莎莎愣愣地看向那女孩，逕直走向對街。

斗大又密集的水珠打在臉上有些疼，她早上才燙好的捲髮全毀了，妝可能也糊得嚇人。她反手將那根抽不到一半的菸丟入雨中，人聲嘈雜，她卻只聽見自己的心臟如鼓點般密集地震動，她試圖屏住呼吸，蔚以珊熟悉又獨有的氣息還是蠻橫地鑽入她的鼻腔。

趙莎莎不只一次想過重逢的場景，也許蔚以珊會脫口而出「我想妳」，或是「我恨妳」，也想過蔚以珊大概會哭、會笑、會生氣、會尷尬不語，或是乾脆頭也不回地離去。

蔚以珊狼狽的模樣讓趙莎莎很心疼，她脫下自己的淺灰色西裝外套披在她肩上，撥開她黏在臉頰上的髮絲，水珠從她長長的眼睫毛尖滴下。

蔚以珊討厭下雨天，更討厭下雨天時只有自己孤獨一人，她皺了皺小小的鼻子，「我剛看見妳笑得好開心。」

「妳怎麼不叫我？」

「然後我就好生氣好生氣，明明妳跟我在一起時也會笑得更開心，但妳卻把我推得遠遠的，一推就是半年。」

「妳不該站在這邊淋雨。」

「那我要去哪邊才好呢？妳把所有社群軟體和電話都刪了，如果哪天妳搬家了或是換工作，我是不是再也找不到妳了？」蔚以珊有些激動，「也許妳就是這麼討厭我，可我不是，我不想活在沒有妳的世界裡。我只是想告訴妳這個，就像個白痴一樣跑來了，不過這樣的行爲也很惹人厭對吧？」

趙莎莎頭痛欲裂，她一把將蔚以珊拉到騎樓下避雨，對方乖乖地任由她擺布。她想，這糾葛眞是一輩子都沒完沒了，擰不死也砍不斷，每當她下了決心，蔚以珊就又像隻黏人的小貓，出現在她身邊。

趙莎莎很想拜託蔚以珊，放過她一次吧……因爲她明白，再這樣繼續走下去，她一定會墜入萬劫不復的地獄。

良久的沉默後，趙莎莎開口：「山山死掉了，所以我把它丟了。」

「我就知道。」

「我還是戒不掉抽菸。」

「這我也知道。」蔚以珊看向那根被扔在馬路上的菸。

「還有……」她一腳踏入地獄，「我很想妳。」

蔚以珊紅了眼眶，幾顆淚珠從她小鹿般的眼睛中滾落，她吸了吸鼻子，硬是擠出了一個燦爛的笑容，「所以我這不是來了嗎？」

蔚以珊跟著趙莎莎回家，看見她空蕩蕩的套房，什麼也沒問，只是笑著說應該還沒停水停電吧。

蔚以珊撕開紙箱拿出一件白底泰迪熊圖案的休閒T恤，那是她從前留下來過夜時最常穿的衣服。而後她迅速鑽入浴室洗了個澡，接著又熟門熟路地摸出了吹風機，一切都宛如昨日，彷彿她們之間什麼都沒有改變。

趙莎莎點了外賣，港式燒臘和一些小菜，冰箱裡只剩幾瓶啤酒，她和蔚以珊決定今天把那些全喝光。

電視機傳來播報新聞的聲音，某間超商發生了搶案，還好無人傷亡……蔚以珊不愛看新聞，倒是很認眞吃飯，雙腳晃來晃去像個坐不住的小孩。

趙莎莎扒了幾口飯，偶爾抬頭看看電視，偶爾看看蔚以珊，偶爾灌幾口啤酒，這樣平凡的場景就好像她們經歷過的每個日常一樣。然後她低頭，看向蔚以珊無名指上的戒指，細框的銀戒中央鑲著小巧的鑽石，很適合她白皙纖瘦的手指，非常好看。

明明她們都不再年輕，都快要奔三了，在趙莎莎心裡，蔚以珊卻永遠都是個長不大的小女孩。

她沒有參加蔚以珊的結婚典禮，這是她最後的抗議和任性，同時也是她那不值一提的自尊心在作祟。

大概是察覺她的視線，蔚以珊說：「我今天不回去，妳可以收留我一晚吧？」

「爲什麼不回去？」

「淋雨太久，我累了。」

「我這邊沒有給妳的被子。」

「天氣這麼熱，我才不需要呢。」蔚以珊得意地笑了。

「雖然明天是星期六，可是很不幸地我九點就得起床了，搬家公司會來這裡。」

「這樣不是很好嗎？」蔚以珊夾了一塊糖醋肉丟進嘴裡，「妳搬來這邊的時候我跟妳一起，現在妳要搬去另一個家了，我也陪妳。」

趙莎莎捏著空了的啤酒罐，指甲泛白，深吸了一口氣，「我以爲我那時候說的話夠重了。」

蔚以珊停下咀嚼的動作，用筷子輕輕戳著白飯，咕嚕一聲把嘴裡的東西嚥下，「明天幫妳搬完家我就走。」

電風扇的馬達似是過熱，發出了喀喀的聲音，老舊得像是快要解體般。

蔚以珊丟垃圾時看見山山的殘骸躺在垃圾桶裡頭，葉片全都乾枯破損，土壤和食物醬汁混在一起，有股淡淡的腥味。她僅是呆愣了一秒，便把手中的垃圾全丟進去。

她們躺在木板上，蓋著同一條被子，木板傳來冰涼舒服的溫度，電風扇的馬達聲喀喀作響。

房裡充斥著小蒼蘭的香氣，不知道是來自趙莎莎還是蔚以珊，全都混在一塊了。

她們在黑暗中背對著，細微的呼吸聲傳入趙莎莎的耳中，她知道蔚以珊肯定還沒睡，畢竟她熟睡起來悄然無聲，呼吸聲近乎不可聞，彷彿死了一樣安穩。

「吶，山山跟了我們幾年了？」蔚以珊輕聲開口。

「應該是七年？」從她大學租屋時就一直到現在了。

「原來這麼久了啊。」蔚以珊蜷起了身子。

趙莎莎感覺到背後的動靜，輕輕地將被子挪過去一些，心中想著剛剛是誰信誓旦旦地說不用被子？

「妳和李廉過得好嗎？」她聲音沙啞地問。

趙莎莎沉默了一會，然後回答，「挺好的。」

不知道是不是今天喝得太急，趙莎莎有些昏昏欲睡，「那就好。」

又沉默了一會，她幾乎快要聽不見蔚以珊的呼吸聲，看來她已經睡過去了。

趙莎莎對著黑暗喃喃自語，「我不是因爲討厭妳才推開妳的，是因爲太喜歡……」

今天眞的喝太多太急了，她想，而後她的意識緩緩陷入深淵。

在她身後，蔚以珊慢悠悠地睜開眼睛，一雙大眼眨呀眨，她扭頭，對著趙莎莎說：

「這個我也早就知道了。」

烏雲散去，月光輕輕地透過窗角灑了進來，把蔚以珊左手無名指上的戒指照得森冷無比。

趙莎莎一睜眼，就看見蔚以珊趴在花窗子上，看著對面那戶的眼鏡小弟打電玩，陽光吻在她白皙稚嫩的臉蛋上。

她痴痴地盯著蔚以珊看，這幅畫面她早已看過多次。蔚以珊總是比她早起，以前好幾次都是蔚以珊硬將她拖出被窩，拉著她起床上課，不然她大概有幾堂課會被死當。

眞過分，歲月怎麼就沒在她臉上留下痕跡呢，趙莎莎心想。

蔚以珊見趙莎莎醒來，笑著說：「早安。」

趙莎莎想到自己現在大概蓬頭垢面的，整個人便埋進被子裡縮成一團。

蔚以珊推她，「趙莎莎！快去刷牙洗臉，我今天要幫妳上髮捲！」

「蛤？」趙莎莎探出頭，發現蔚以珊手中拿著電棒捲，不知道她怎麼翻出來的。

洗漱過後，趙莎莎安分地坐在梳妝台前，蔚以珊溫柔地替她梳頭髮，偶爾梳到分岔的髮絲，她痛得叫一聲，蔚以珊就會嚷著這就是不保養頭髮的後果。

蔚以珊將趙莎莎的頭髮分成幾束，仔細地用電棒捲分別捲上弧度，看著那嫻熟的手法，趙莎莎笑了起來，不愧是自己的美髮小老師。

她抬眼望向鏡中神情認眞的蔚以珊，想著自己第一次讓她幫忙弄頭髮，是在高中校慶時。

那天班上要做布置，被分配到道具組的她們早早就來學校了，工作卻比預期還要早結束。蔚以珊便拿出電棒捲和化妝包，興奮地說要幫她打扮一番，她推託不掉，只好乖乖地當蔚以珊的人體模特。

捲好頭髮後，趙莎莎只覺得熱氣蒸騰，背後都是汗，不曉得是電棒捲帶來的熱度害的，還是蔚以珊幫她化妝時搔在臉上的手指害的。

不過下午她就用水把臉洗得乾乾淨淨，因爲她受不了化妝品黏在皮膚上的感覺，當時蔚以珊還哀號著自己沒多拍幾張照片留念……

趙莎莎懷念地笑了，「記得高中校慶嗎？那是妳第一次幫我捲頭髮。」

「妳是說阿豪開始陷入愛情的那一天？」蔚以珊笑得很沒良心。

阿豪是以前兩人的同班同學，總是和趙莎莎吵吵鬧鬧，平常都說她是男人婆，結果校慶後看見她就臉紅。

「喂！他都當爸爸了，說好不提這件事的！我可不想回憶。」趙莎莎從牆上撕下一張拍立得，上面黏了一層灰，是她們在校慶時拍的合照，那時的她們稚嫩青春，笑得無憂無慮。

「吶，妳知道妳變了很多嗎？」蔚以珊捲髮的手在空中停頓，「那時候的妳敢怒敢言，還是班裡的大姊頭，總是一副天不怕地不怕的樣子。」

趙莎莎輕笑，「所以妳覺得我現在活得很窩囊嗎？」

「我不是這個意思……」蔚以珊有些猶豫地開口：「我一直都知道妳不是那麼勇敢的人，妳只是會爲了別人勇敢而已。現在妳長大了，學會爲自己而活、爲自己勇敢，這是好事。」

蔚以珊做完最後一個收尾動作，捲髮的弧度很完美。

她們的目光在鏡中交會，趙莎莎淺淺一笑，「不是喔，我一直都是個膽小鬼。」

趙莎莎原本想把牆上的拍立得和照片留在這間屋子，然而蔚以珊全撕下帶走了。蔚以珊沒問她是不是打算捨棄她們所有的過往，於是她也閉口不提，但她們彼此一定都心知肚明。

趙莎莎只留了那張高中校慶的合照，並且塞進了皮夾。

她們跟著搬家公司到了新家，那裡比趙莎莎原本的套房還小，不過有個落地陽台正對太陽西沉的方向，能把城市燈火盡收眼底，這讓她很滿意。

大家忙進忙出一段時間後，終於把行李全部搬完，趙莎莎在門口客氣地感謝眾位男丁，蔚以珊則熟門熟路地開始打掃。

從以前她們就是這樣，蔚以珊不擅長烹飪，但總能把家裡整理得一塵不染；而趙莎莎擅長下廚，做得出一桌子好菜，卻可以把家裡搞得像垃圾場。

趙莎莎一直覺得她們是最適合住在一起的，只是這樣的妄想終究沒有成眞。

紙箱凌亂地堆放在地上，她動手將一件件物品拿出來擺放，氣炸鍋、鬆餅機、藍芽音響……這些都是蔚以珊以前吵著要買的。她說她家太冷清，沒有家的感覺，硬是拉著她去賣場採購，要她把生活過得有味道一些。

那些東西趙莎莎不常使用，卻也捨不得丟，就一直留到現在，然後她又翻出一個小巧簡約的白色花朵髮夾。她小心翼翼地捧在手心，這是高中畢旅時她和蔚以珊一起買的。

蔚以珊見狀也走過來，「都沒看妳在戴，我還以爲妳把它丟了呢。」

我怎麼可能捨得丟……趙莎莎差點脫口而出，不過最後理智戰勝了感情，她說：「我早就說過這麼女孩子氣的髮飾不適合我。」

蔚以珊笑盈盈地從側背包裡翻出了相同款式的髮夾，「就今天，我們一起戴好嗎？」

趙莎莎很訝異蔚以珊居然隨身攜帶這個髮夾，不過她沒有追問原因，只是輕輕點了點頭。

她們擠在鏡子前別上髮夾，她覺得不自在，鏡子裡的她看起來好奇怪，像是想裝年輕卻失敗的阿姨。蔚以珊笑了出來，直說自己也覺得好彆扭。

畢竟，她們都不再是青春洋溢的高中少女了。

打掃完後，蔚以珊想吃冰，所以她們就走到樓下巷口的古早味冰店，店內年邁的奶奶儘管步履蹣跚，仍舊熱情地招呼她們，還誇她們很可愛。

蔚以珊津津有味地吃著粉圓冰，她一直都是這樣，吃甜食時胃口就特別好。趙莎莎看著吃得臉頰鼓起的女孩，也跟著有食慾了。

趙莎莎想起高中放學時，她們總會去學校附近的路邊攤吃粉圓冰，那裡特別受學生歡迎，總是大排長龍，但她只吃了一口就覺得甜得頭皮發麻。她不嗜甜，卻喜歡看蔚以珊因爲吃冰而露出幸福的表情。

趙莎莎也挖了一大口冰放進嘴裡。

太甜了，她想。

下午蔚以珊拉著趙莎莎逛花市，說要買個喬遷禮物送她。

兩人走在花市，各種花香撲鼻，整條街都是芬芳的。她們逛來逛去，最後蔚以珊停在一盆盆風信子前面，而後笑著跟老闆說自己要紅色的。

「妳怎麼又選了風信子？」

「我怕妳不會養其他的花嘛，感覺妳就是植物殺手，選個妳有養過的應該比較得心應手。」

「那妳幫它取個名字吧。」

「唔……那就山山二號吧！」蔚以珊笑著將盆栽塞進趙莎莎的懷裡，「這樣妳就不會忘記我了，對吧？」

趙莎莎有些愣住，低頭看向懷中尚未長大的芽苗，「眞是敗給妳了。」是想忘也忘不了，她在心裡開口。

回家後，趙莎莎站在陽台抽菸，一根又一根。山山二號被她放在陽台的角落，她小心翼翼不讓菸灰飛進土壤裡。

遠方的夕陽西沉，天空一片彩霞，落日的餘暉把蔚以珊的臉蛋照得紅彤彤的。

「爲什麼選紅色的風信子啊？」

「紅色的多好，適合夏天啊。」

「歪理。」趙莎莎笑了。

蔚以珊也跟著笑，然後她說李廉會開車來接她回家，她要走了。

趙莎莎的笑聲停頓了一下，接著她裝作滿不在乎地應了一聲。

「妳要跟我一起下樓嗎？我是說……或許妳可以和阿廉打個招呼，你們也很久沒見了……」

「我不想見他，我說過了。」趙莎莎夾著菸的手指微微顫抖。

「對，妳的確說過……我忘了。」蔚以珊雙手絞著裙襬，「我只是很懷念大學時我們三個人一起玩的時光，那時候的我眞的好開心。」

趙莎莎看著巷子口那台黑色的藍寶堅尼，「妳該下樓了，別讓他等。」

「我希望妳幸福，妳是個值得被人疼愛的人。如果妳還願意來找我，大門密碼還是一樣，我和妳說過……」蔚以珊擠出一抹微笑，「我走啦，趙莎莎。」

趙莎莎沒有轉頭，依舊望著夕陽沉默地抽菸，身後過了一會才傳來關門的聲音。如果剛剛她轉頭的話，蔚以珊就會看見她發紅的眼眶。

僅僅共度了一天的時間，她刪掉所有社群軟體、換電話號碼、搬家的決心就變得微不足道。她低頭，看見蔚以珊走出了巷子口，坐上藍寶堅尼的副駕駛座。

車裡的人從頭到尾都沒下車，但趙莎莎就是有種那人正盯著自己的感覺，讓她毛骨悚然。

他們三個人的關係早已扭曲變形，再也回不去了。

趙莎莎看著那台車子駛離視線範圍，眼眶裡的一滴淚水才緩緩滴在手背上。

蔚以珊活在虛假的幸福裡，可是她永遠都不會知道。

看著那天眞幸福的笑容，她該如何狠心戳破那些虛幻的泡泡？越想越心煩，趙莎莎捻熄了菸頭，扔向夜色之中。

李廉知道她很多祕密，很多很多，唯獨那一件事讓她以死相逼，無論如何都不能讓蔚以珊知道，必須得讓那件事爛在骨子裡，永不見天日，直至帶入棺材。

也許蔚以珊不知道，但趙莎莎很清楚，紅色風信子的花語是——感謝你的愛。

二、生根

高中那時，趙莎莎是老師眼中的問題學生，常常逃課、去網咖、抽菸喝酒……

她和朋友們有次在學校後巷抽菸，有個男人牽著一名約七、八歲的小男孩經過，他小聲地說：「你以後絕對不能成爲那種壞學生喔，他們長大後就是社會亂源，會上新聞的。」

幾個脾氣火爆的男生聞言衝了上去，差點就打起來，小男孩劃破天際的響亮哭聲驚動了左鄰右舍。而她只是靠在牆上，事不關己地抽菸，想著怎樣才算是大人口中的好學生。

男同學和男人還在爭吵，她則是蹲下來摸摸小男孩柔軟的髮頂，「或許你以後也會愛上這個味道，但那並不代表你是個壞孩子喔。」

趙莎莎邊說邊朝著小男孩吐了一口煙。

男人見狀一把撥開她的手，大喊：「別用妳的髒手碰我的小孩，瘋子！」

她抬起頭看著男人，臉上堆起微笑，並沒有否認對方的話，倒是其他人氣不過，衝上來就揍了男人一拳。

隔天早會，他們被叫到講台前罰站，班導氣得臉紅脖子粗，說他們這群人總是帶頭作亂，教到他們眞是倒了八輩子楣。

這些話她左耳進右耳出，她覺得大人都是一個樣，班導、昨天的男人、大姑全部都令人反胃。

然後趙莎莎看向了坐在教室中央的蔚以珊，開學到現在，她還沒跟她講過話。對方總是獨來獨往，好像不善於社交，那女孩剪著俐落的小男生髮型，眼睛像小鹿一樣水亮，皮膚雪白得像個白瓷娃娃，眼底沒有任何情緒。

她想，好學生大概就是這樣子的，不吵不鬧、乖乖上學、安分守己。

放學後他們一群人相約去網咖玩，趙莎莎沒有特別愛去那裡，純粹想打發時間罷了。比起回家看大姑的臉色，她覺得還是和大家喝酒抽菸、聊天打遊戲有趣一點。

他們在網咖待到夜幕低垂，有人提議去夜衝，她表示自己不會騎車，但有人載的話她就參加，最後她坐在阿豪的機車後座。

一群人飆車飆得不要命似的，他們開懷大笑，追求刺激，這就是他們的青春。

阿豪大聲問她怕不怕，她興奮地喊一點都不！

於是阿豪把油門催得更快，車前的大燈劃破黑暗，那瞬間他們大概離死亡很近吧。猛烈的風吹得她睜不開眼，耳邊只剩下呼嘯的風聲，再也聽不見其他。

好像就是從那天起，趙莎莎愛上了追逐風的快感。

趙莎莎後來加入了田徑社，皮膚也因此被曬成健康的小麥色。每次練習時，她都會把及腰的長髮統統撥到後頭束成高馬尾。

某天放學後，趙莎莎像往常一樣在操場練跑，冷不防看見班裡那個安靜的女孩在司令台上左顧右盼，彷彿在等誰。趙莎莎沒想到蔚以珊還有親近的人，畢竟平時都沒見到她跟誰有來往。

幾分鐘過去，兩個男生抱著籃球又推又鬧地走向蔚以珊，接著他們不知道說了什麼，蔚以珊羞赧地絞著制服裙襬，白皙的臉上浮上一片紅暈。

沒想到撞見了告白的場景，趙莎莎覺得好笑，又覺得不太意外，蔚以珊嬌小可愛，頂著個小男生髮型，像個小蘑菇，確實很惹人憐愛。

蔚以珊向男生鞠了個躬，還說了些話，其間頭都不敢抬起來，雙手死死捏著裙襬。那名男生的朋友似乎對她說的話不太滿意，便走上前插嘴，可她依舊低著頭。

也許他們沒發現，但在跑道上的趙莎莎看見那女孩的眼角閃著淚光。

她想都沒想，走到司令台邊，一手撐住司令台邊緣，用力翻身跳了上去，「妳在這做什麼呢？找妳好久了。」

「咦？」蔚以珊有些怔愣，遲遲沒回話。

趙莎莎轉頭看向那兩個男生，「你們還有事嗎？」

「沒、沒事了！喂，快走……」其中一個男孩低頭瞥見她運動服上繡的名字，拉著朋友就要離開。

趙莎莎突然想起自己在學校似乎小有名氣，還是名聲不好的那種，名字都被訓導主任廣播過好幾次了。

蔚以珊絞著裙襬的手終於放鬆，她再次鞠躬，「謝謝妳。」

沒想到會得到一個鄭重的鞠躬，趙莎莎覺得有趣，「他們為難妳呀？」

蔚以珊眼圈都紅了，像隻受傷的小白兔。

「我想委婉地拒絕，同時也想感謝他的喜歡……但他們聽起來可能覺得更傷人吧，我不想傷害任何人，可是我好像做錯了……」

這人是善良過頭還是傻呢？肯定是傻子吧，還是特別傻的那種，趙莎莎心想。

「別說這種話，妳是個值得被人疼愛的女孩啊。」

遠方教練氣著喊趙莎莎的名字，聞言，她滿不在乎地笑了，畢竟惹人生氣的功夫沒人比得過她。

而後，趙莎莎從司令台上一躍而下，向著跑道彼端奔去。

＊

如果別人曾看過趙莎莎在後巷大肆抽菸的模樣，肯定無法想像她燒得一手好菜。

無關興趣，她這可都是被生活逼出來的啊。

趙莎莎的父母在她國中時出車禍去世，因緣際會下轉由大姑撫養她。

大姑膝下無子，一直都很想要有個孩子作伴，這下剛好，反正其他親戚一點都不想接下她這個爛攤子，誰都不希望家裡突然多一雙筷子、多一張嘴。

怎麼說都是寄人籬下，所以趙莎莎有空就會幫忙打掃家裡，也會主動做晚餐，假日還去便利商店兼職。

大姑說趙莎莎什麼都好，唯有要她喊一聲「媽媽」，她怎樣都做不到。

大姑曾有過一個女兒，這件事是趙莎莎偶然得知的。

某天晚上她口渴想喝水，離開房間後睡眼惺忪地看見大姑坐在廚房的板凳上，微弱的月光映著她孱弱的身子，她對著空無一人的陽台喊：「敏兒……敏兒啊……」

大姑是老來得子且她體質不易受孕，所以對於這個得來不易的女兒萬分珍惜，和姑丈商量後決定叫她「敏兒」，她想，敏兒肯定是上天送她的禮物。

儘管在懷孕期間敏兒在她肚子裡又踢又鬧，但這些在她眼裡都可愛極了。

他們去了商場，買一堆嬰兒用品回來，小襪子、奶瓶、尿布……連掛滿玩具的搖床都買了。

大姑天天聽胎教音樂，殷切期盼女兒出生，誰知道某次在家被廚房的門檻絆倒，摔在陽台上，羊水和血水都流了出來。姑丈下班回來時，她早已昏過去，敏兒就那樣沒了。

之後她的精神狀態一直不太穩定，常常和姑丈爭吵，吵得不可開交時還會把鍋碗瓢盆都拿出來丟，幾乎天天驚動警察，連鄰居也受不了。後來他們白紙黑字簽字，姑丈留下一筆財產讓她養身體後就離婚了。

趙莎莎那時覺得，大姑只剩自己一個人，和她一樣。

而那樣的處境是眞的會把人逼瘋。

大姑情緒穩定時待趙莎莎很好，讓她吃飽穿暖，關心她在學校的狀況，偶爾也會和她聊聊往事。她對大姑是感謝的，在她孤立無援時，是這個女人伸出了援手。

家裡角落的小房間裡塞滿了當初大姑和姑丈買的嬰兒用品，有些都蒙上一層灰了。趙莎莎有次打開偷偷看過一眼，奶粉早已過期八年、嬰兒衣服都黃掉了——就知道大姑這輩子都放不下那個夭折的女兒。

陽台的混凝土上還有一灘淺淺的血痕，如同無法抹除的印記。

精神錯亂時大姑總會拉著趙莎莎，不斷叫她「敏兒」，她不肯喊「媽媽」，大姑就會哭得歇斯底里，說她錯了求她別再折磨自己。有時又會罵她，爲什麼要裝作敏兒的樣子來騙她，說她不是她的女兒，敏兒是個乖孩子，不會抽菸……

吵得最嚴重的一次，大姑把晚餐都拿起來砸在趙莎莎身上，還好飯菜已經冷了，她沒有被燙傷。有一個破掉的盤子劃破趙莎莎的臉頰，她忿忿地盯著大姑，明明知道喊聲「媽媽」，鬧劇就可以收場，卻死活都不肯叫。

趙莎莎只是翻出藥丸，倒了一杯水給大姑，「敏兒根本就沒出生過，妳連她長什麼樣子都不知道！」

大姑聲嘶力竭地喊，哭得一把鼻涕一把淚，拉著她的手又推又晃。她的手臂被抓得發疼，也跟著掉眼淚，可她的腦袋卻異常冷靜，想著她存夠了錢，總有一天要離開這裡。

久而久之，趙莎莎習慣在睡前鎖門，大姑晚上清醒後就會敲著門道歉，要她出來聊聊，問自己是不是弄疼她了？

幾次敲門後得不到她的回應，大姑就會瘋狂地轉動門把並大吼：「這是我家！妳鎖什麼房門！是我讓妳有地方住、有飯吃……」

她清楚大姑吃再多藥都沒用，大姑過不去的是自己的心魔。可憐之人必有可恨之處，她害怕大姑，同時又挺心疼大姑，而她只是剛好不幸地成了那個受氣包。

趙莎莎想，自己的人生也滿可憐的，大概吧。

再次見到蔚以珊，是趙莎莎在便利商店打工的時候。

她知道學校不允許學生打工，所以特地挑了離學校比較遠的超商，沒想到會在這裡遇到同學。蔚以珊看起來也很驚訝，但沒說什麼，只是微微笑著，挑了碗杯麵和牛奶結帳。

得知蔚以珊住附近後，趙莎莎問她怎麼以前都沒遇見過？蔚以珊說她不太出門，出了門也不知道去哪裡，她的世界就這麼小。今天是因爲家人出差了，沒人做飯，她才出來買。

趙莎莎邀她有空過來坐坐，能免費吹冷氣還有網路呢，她一個人上班也挺無聊的。這不是客套話，她見不得蔚以珊總是孤零零一個人，像隻掉隊的雁鳥。

蔚以珊輕輕點頭說好，滿臉開心。

相處久了趙莎莎就看出蔚以珊的一些小習慣——她不吃辣，泡麵都只挑海鮮口味的；她嗜甜，絕對不碰黑咖啡。

蔚以珊對她的態度從一開始的小心翼翼到輕鬆隨和，甚至把超商當自己家後院般地進出。她們不一定會聊天，有時各做各的事，有時寫作業，有時背明天小考的英文單字；有時分別坐在單人座上，吃著同樣的東西，看著馬路上無聊的車流。

偶爾趙莎莎加熱了即期食品，她們會分著吃，她漸漸習慣上班時有蔚以珊的陪伴。

有次蔚以珊問她平常放學也會來這打工嗎？她本想回答不會，畢竟平常她都和阿豪他們在街上耗時間，只有假日才來。但看著蔚以珊那不加掩飾的直率眼神，滿眼都是期待，她竟點頭說：「明天見吧。」

這是第一次有人那麼殷切期盼她的到來。

趙莎莎拚命打工，一有空閒就排班，也不太和班裡的人去網咖了，那群人天天都嚷著她變了。她笑說自己缺錢，常去網咖太花錢了，還是腳踏實地來這工作比較好。

趙莎莎想離開現在這個家，可是現在的她太窮了，貿然離去肯定會餓死街頭。她想像了一下畫面，覺得比起餓死，還是被大姑逼死好一點。

知道趙莎莎的想法後，蔚以珊沒有追問下去，僅是呼嚕一口吸起碗中殘存的麵條，笑得靈巧可愛，「那我太幸運了，妳的時間都被我獨占了。」

這話乍聽之下沒什麼不對，可趙莎莎就覺得彷彿有隻小貓伸出軟軟的爪子，在她心上又抓又撓的，癢得很。

認識這個慢熟的女孩後，趙莎莎發現蔚以珊根本就是一個小話癆，天眞爛漫地活在自己的世界裡，還很愛黏著她，像隻只認主人的小貓，而她莫名其妙地成了主人。

她勸蔚以珊多交點朋友，她就聽她的話，支支吾吾地跟大家交談，分組時她也拉著蔚以珊一起。大家慢慢開始接納蔚以珊的存在，她在班上終於比較不像透明人了。

班裡的人有次起鬨，吵吵鬧鬧地問她們是不是一對？因爲趙莎莎總是護著蔚以珊，都不和大家一起玩了，該不會要從良了？還是妻管嚴？

趙莎莎表示怎麼可能，但大家依舊不肯放過她們，一直開玩笑……那瞬間她竟然不敢回頭看蔚以珊的反應。

阿豪在操場上嚎叫：「班對！是班對！」

她氣得衝過去打人，兩人在跑道上追逐，一旁的同學都在笑，蔚以珊也笑了。

阿豪被她抓住後又嚎：「打人啦！男人婆——」

他們倒在跑道上，阿豪喊疼，說趙莎莎很粗魯，真不像女生，她不客氣地回嘴，說自己還是第一次見到跑這麼慢的男生。兩人明明早已跑得上氣不接下氣，鬥起嘴來卻誰也不服輸。

蔚以珊見狀跑了過來，朝她伸出手，「站得起來嗎？」

趙莎莎又喘又渴，想握住對方的手，卻在瞬間頓住……這女孩的胳膊怎麼這麼細又這麼白呢？感覺一掐就會斷似的。

猶豫一會，她還是自己爬了起來，她雙手沾滿跑道上的泥沙碎石。

還好剛剛沒握住蔚以珊的手，不然該弄疼她了，趙莎莎心想。

蔚以珊被班裡一個不起眼的男同學告白了。

在他告白前，趙莎莎就看出那男生的心意了，畢竟他的眼神總跟著蔚以珊轉，看不出來才怪。不過蔚以珊倒是完全沒發現，慌亂地說他們還要同班一年，覺得這情況很尷尬，不曉得該怎麼辦，她和對方甚至沒說過幾句話。

趙莎莎說：「對方肯定只看外表吧，別理那種膚淺的男生。」

跟大家變熟後，蔚以珊更常笑了，她笑的時候就像隻正在撒嬌的小貓，笑容軟呼呼的，眼睛水靈透亮。

有次趙莎莎和其他朋友在後巷抽菸，班裡某個男生說以前只覺得蔚以珊沉默古怪，最近覺得她笑起來特別吸引人，純眞又可愛，還問趙莎莎知不知道她喜歡什麼樣的男生。

這群男生講垃圾話不是一天兩天的事，她有時還會跟著笑呢，可今天她聽了這些話卻莫名火大，把抽到一半的菸踩熄，轉頭走人。

自己這是什麼心態呢？她左思右想得出了結論——就像是原本屬於自己的私房景點突然被公開了，成爲人氣爆棚的熱門景區一樣，讓她有種失落感。當初這明明是自己先發現的寶藏，總覺得很不公平。

趙莎莎邊想邊笑，心想自己眞幼稚，蔚以珊是人，不是物品，她幹麼要對她產生無謂的占有慾，她又不是小朋友，還要跟別人搶玩具。

趙莎莎不由自主地走到了自己打工的便利商店，今天其實不用値班，她本來轉身想走，餘光卻瞧見蔚以珊坐在角落的單人座喝牛奶，夕陽餘暉照得她的臉蛋紅彤彤的。

她有些愣住，情不自禁地走向蔚以珊。

「啊！妳來了！」蔚以珊笑容滿面。

「妳怎麼在這？」

「就是覺得今天有可能會遇到妳……我的直覺很準吧！」蔚以珊表情得意，「妳不是說今天不用値班嗎？」

「喔……記錯時間就跑來啦。」趙莎莎隨便找了個藉口。

今天値班的同事趙莎莎認識，她打過招呼後索性就坐著聊天。

蔚以珊的腳尖輕輕蹬著透明玻璃窗，像是打著某首流行歌的節拍，趙莎莎笑著要她別蹬了，要是踩髒了，她還得擦呢。

怎麼就那麼像個小孩呢？趙莎莎忍不住想。

蔚以珊說，她覺得在學校時的趙莎莎是「大家的」趙莎莎，有時讓她感到陌生和格格不入，但在便利商店裡，這個空間彷彿僅存她們兩個，這時的趙莎莎是屬於蔚以珊的。

「這樣想會很過分嗎？」蔚以珊問。

明明是不帶一絲情意的單純發問，卻使得趙莎莎有些口乾舌燥。

可是我希望妳未來也是我的，妳只要待在我身邊就好。她差點就將這句話說出口了。但這樣講就太過分了，難道她想把蔚以珊捆在自己身邊一輩子嗎？有沒有毛病？大家和樂融融地相處還看不順眼了？她摳著指甲邊咒罵自己，疼痛使腦袋清醒。

「一點都不過分、一點都不。」趙莎莎回應道，至少和她比起來是如此。話音剛落，她又再度開口，「我餓了！我去拿泡麵！」

趙莎莎逃難似的離開座位，打開冰箱挑冷凍食品時，玻璃鏡面映出她此刻的樣貌，不僅臉頰燒紅，連耳尖都紅了。她恨不得砸爛所有玻璃，覺得自己簡直是個瘋子！

偶爾蔚以珊下課後會留下來看趙莎莎練跑，她說了幾次會很無聊，不如回家看電視。

蔚以珊總是笑著說：「不管，我就是要等妳。」

女孩坐在司令台邊緣，潔白的雙腿晃呀晃，鞋跟輕輕蹬著磁磚牆面，敲打出規律的旋律。

趙莎莎走到蔚以珊身邊大口灌水，思考著這是哪首歌呢……

「〈小酒窩〉？」

「不是。」

「〈你不是眞正的快樂〉？」

「不是。」

「到底是什麼歌啊？」

「公布答案，是周杰倫的〈稻香〉！」

「蛤？怎麼可能是〈稻香〉！」

「不管！妳輸了！」

蔚以珊笑得很開心，像個毫無設防的孩子。

她們常常玩這種猜歌遊戲，趙莎莎每次都輸，但她總是不服輸地說是蔚以珊一點節奏感都沒有，題目出得亂七八糟，這把蔚以珊氣得跳腳。那時是二〇〇八年的初夏，也是她們青春的尾巴。

在她們放學回家的路上有一攤粉圓冰，攤子很小但排隊的學生很多，老闆隨便擺了幾張麻將桌，拼在一起擴大攤子範圍，大家就擠在桌邊一塊吃冰。

有次練跑完她們就過來吃，沒想到一試成主顧。蔚以珊誇張地說這是她吃過最好吃的粉圓冰，逗得一旁佝僂的老老闆哈哈大笑，連忙叫孫女再添一碗，他請客！

由於位子太擠，趙莎莎的左手臂緊貼著蔚以珊的右肩。她意識到自己剛跑完步滿身大汗，隱隱都聞得到汗臭味了，有些抱歉地想挪開身子，卻發現空間實在太小了導致她進退兩難。

蔚以珊沒有察覺到似的認真吃冰，只是歪頭看向趙莎莎，「妳再不快點吃，冰就要融化嘍！」

「好啦。」趙莎莎放棄抵抗，低頭嚐了一口，「太甜了。」

「哪會？」

「我才不像妳，螞蟻人。」

「妳再吃一口看看，肯定會改觀！」

「噁——」趙莎莎吐著舌頭露出嫌惡的表情，畢竟她不嗜甜。

「哇！妳超沒禮貌的！」蔚以珊用氣音小聲地說，還偷偷踩了她一腳，接著把她手上那碗冰搶走，而後吃得一乾二淨。

「大胃王今天要吃幾碗才夠呢？」趙莎莎笑著問，從她的角度剛好能看到蔚以珊嘴裡塞滿東西，腮幫子鼓鼓的，像對街寵物店裡的小倉鼠一樣，她想著家裡養這種可愛的小動物也挺不錯的。

「要妳管！」蔚以珊把最後的糖水都喝完，一把背起書包，「今天妳請客！因為妳剛剛輸了！」

趙莎莎無語，突然不想養了，總覺得養不起。

別人都說趙莎莎伶牙俐齒又厚臉皮，那些人肯定沒見過她和蔚以珊私下相處的模樣。蔚以珊百分之百是她的剋星，她不只說不過人家，還不想說過人家，更可怕的是她似乎樂在其中，簡直是受虐狂。

二〇〇八年夏末，《海角七號》上映，那是她們一起看的第一場電影。學校附近有間電影院，暑期輔導下課後，她們和阿豪一群人浩浩蕩蕩地坐滿一排位子，燈光還沒暗下來時，影廳內都是他們的嘻笑聲。

「如果妳等等要擦眼淚的話，我有帶衛生紙喔。」趙莎莎笑。

「我才不會哭！」蔚以珊邊說邊做了個鬼臉。

當燈光暗去，眼前只剩下一段國境之南的動人羈絆。

她好喜歡這句台詞——留下來，或者我跟妳走。

暮色動人，阿嘉在落日餘暉中擁抱友子，海潮聲沙沙響起，遠方幾隻海鷗掠過天邊。

他在友子的耳邊輕聲說：「留下來，或者我跟妳走。」那時趙莎莎想著，開口叫對方留下來容易，要說出「我跟妳走」，卻需要義無反顧的勇氣。

身旁的蔚以珊似乎被感動了，偷偷地用手指拭去淚水。

電影結束後，她看見蔚以珊的眼圈是紅的，她笑著裝作什麼都沒發現。

阿豪大聲地唱著，「當陽光再次回到那飄著雨的國境之南，我會試著把那一年的故事再接下去說完……」

她情不自禁跟著一起唱，蔚以珊也是，彷彿大家正身處電影中那場海邊的盛典。阿豪蹦蹦跳跳地說：「我以後也組一個樂團好了！幹！范逸臣太帥了吧！」

「笑話眞好笑，一百分。」趙莎莎笑著拍拍阿豪的肩膀。

「我是認眞的！以後我上電視妳就不要嫉妒我，也不要裝作和我很熟！就算想和我搭話也要忍住！」

「我求之不得呢。」

因為接下來還要打工，她便和蔚以珊一起先走。途中蔚以珊抬頭看著被夕陽染紅的天空，說她好想看海。

電影中陽光燦爛又簡單純樸的恆春太過迷人，更不用說那片蔚藍大海了。

趙莎莎說自己也是，她對海邊的印象只停留在小時候有次全家出遊。當時腳下的沙子炙熱卻柔軟，爸爸媽媽牽起她的小手，帶她踏入冰涼的海水裡，水花倏地濺了她滿臉，嚐了一口又鹹又澀海水，她卻笑得好開心好開心。

「那我們去海邊吧，就我們兩個。」蔚以珊停下腳步，笑著開口。

趙莎莎轉頭看著蔚以珊，發現對方是認眞的，雙眼炯炯有神。她也跟著笑了，「先認眞存錢吧！笨蛋。」

「收到！」女孩的笑容燦爛無比。

趙莎莎一直以來埋頭苦幹只爲了存錢早點獨立，那是第一次，她有了離開之外的目標。她想和蔚以珊去很多很多地方，然後她想告訴蔚以珊，她的世界一點都不狹小，一直都遼闊無邊、無遠弗屆。

＊

秋季，街上布滿丹紅的楓葉，放眼望去像著火一樣。

蔚以珊撿起一片形狀完好的楓葉，夾在課本裡說要做成書籤。

班上同學興奮地討論校慶園遊會，投票結果決定他們班要做鬼屋。大家聚在一塊七嘴八舌討論分工，最後由趙莎莎扮鬼，蔚以珊站前門負責收錢，兩人剛好排在同一個工作時段，這樣休息時間也一樣。

此外，她們都進了道具組，得負責場景布置等。趙莎莎提議用一塊大黑布作為背景就行了，反正燈光一暗什麼也看不見。蔚以珊聞言立刻教訓了她一頓，並表示誰會花錢來逛這麼隨便的鬼屋？

安排站位時，趙莎莎和尤欣被排在一起，她問：「妳要認眞扮鬼嗎？」尤欣想都沒想便答道：「才不要，我只想安靜站著吹冷氣。」

趙莎莎心想，正合她意。

尤欣天生臭臉，不說話時感覺在生氣，班裡有好幾個女生都很怕她，但趙莎莎知道她是個好人。

剛開學大家都還不熟，趙莎莎一個人去後巷偷抽菸，走近時發現巷子尾端早就有個女生在那邊抽菸，動作老練，腳邊都是扭曲的菸蒂。

耳邊突然傳來一聲貓叫，像哀求又像是撒嬌，她發現巷尾那個女生正盯著對面一個紙箱看，那裡頭有一隻似乎還沒斷奶的小貓不斷探出頭來，毛色又灰又粉的，看樣子應該是被遺棄了。

不曉得那個女生盯著貓看了多久，最後她蹲下，輕撫小貓的臉頰，抱起紙箱離開了。

趙莎莎之後才發現那女生和自己同班。

班上大概只有趙莎莎有膽量當面叫尤欣「臭臉王」，這其實是同學胡亂取的綽號，大家暗地裡都這樣叫尤欣。

有次她當著尤欣的面喊了出來，馬上就被其他女生拉到一旁，「妳是不是瘋啦？她感覺會打人耶！」

趙莎莎覺得大家都太大驚小怪，如果尤欣眞要揍她，她早就該被揍得不成人形了，這種奇怪的流言蜚語到底是從哪裡傳出來的啊？

阿豪說：「沒什麼好怕的，趙莎莎瘋起來也不遑多讓！」

雖然這番話根本算不上稱讚就是了。

尤欣聞言倒是沒什麼反應，微微點頭，就當作回覆了。

在後巷抽菸偶遇幾次後，尤欣自然而然就和他們混在一塊了。阿豪總是說尤欣一個眼神就能颳起暴風雪，趙莎莎在旁邊看得很開心，尤欣居然能讓平常喧鬧的麻煩精安靜下來，她大概就是阿豪的剋星吧。

阿豪聽到她說的話，死要面子地反駁，「才怪，誰怕她了？我天不怕地不怕，怎麼就怕一個女生了？」

甚至氣得他總在尤欣面前逞凶鬥狠，像個不服輸的笨蛋。

有次阿豪在排球練習賽後，和別校的學生起衝突，他們一群人穿著球衣在後巷叫囂，誰也不讓誰。

他們的確輸了比賽，但對手的冷嘲熱諷實在太過分，血氣方剛的少年哪能服輸。一開始他們只是耍狠似的互推，到後面越來越用力，像要打起來般。

尤欣心想這群人是笨蛋嗎？穿著球衣深怕大家不知道他們是學生就對了？她本想裝作沒看見，但瞄到人潮中心的那顆刺蝟頭，不禁嘆了一口氣，還是從書包裡拿出喝到一半的瓶裝水，毫不留情地砸過去——完美命中。

眾人都呆住了，阿豪愣住半晌，摸著發疼的後腦勺，緩緩看向後頭的尤欣。

「我已經通報老師和教官了，你們還要繼續站在這裡嗎？」她緩了一口氣，繼續說：「被記過的話就不能打比賽了吧？」

這句話讓大家發熱的大腦冷靜下來，阿豪握緊拳頭，對身邊的人說：「走了！」人群散去，尤欣對擦肩而過的阿豪說：「輸了就去吵架，你是笨蛋嗎？」

阿豪終於忍無可忍，一股腦地把火氣都發洩出來，「所以呢？像剛剛那樣讓我出糗妳很開心嗎？媽的！不要再用那種眼神看我，眞的有夠討厭，好像妳很了不起一樣，我他媽不是個被人看扁的笨蛋！」

尤欣撿起滾了好幾圈的寶特瓶。

「我沒那樣想過。」背對著怒氣沖沖的少年，她說：「既然那麼難受，下一次比賽在球場上狠狠地贏回來不就好了？連同今天的份一起。」

少年沒說話，只是往學校的反方向跑去，今晚他大概又要徹夜飆車了。

雖然阿豪莽莽撞撞不懂事，還很容易意氣用事，但他並不是個笨蛋，尤欣眞的沒那樣想過，她反而覺得少年是個坦率又毫不做作的人。

先前，阿豪說尤欣一個眼神就能颳起暴風雪，現在用不著尤欣露出什麼眼神，他們之間就籠罩在史詩級的巨大風雪之下，連同周遭的人都要被凍死了。

那個像刺蝟般的少年毫不掩飾地擺出「我們吵架了、我討厭她」的態度，尤欣倒是一如既往地看不出情緒，但趙莎莎總有種尤欣有些落寞的感覺。

尤欣不再去後巷抽菸，也不再和他們去網咖，放學鈴聲一響就背起書包走人。阿豪滿不在乎地問大家要不要去網咖，說晚到的人請客，還先點餐一碗泡麵加蛋和紅茶，大夥嘻嘻哈哈地在教室裡喧鬧。

這梁子大概是結大了，趙莎莎暗忖。

幾個朋友追問出了什麼事，阿豪忿忿不平地轉述那天的情況，氣得臉紅脖子粗，「反正她看我不順眼，我也不想被她那樣蔑視。我們眞的合不來，現在這樣很好，各自清靜，不用再看她的眼色，太棒啦！」

「哇！爛男人。」趙莎莎笑著說。

「可惡！走了一個尤欣，還有一個趙莎莎，我這是遭什麼罪？」

「我可從沒覺得她蔑視過你，她不是那樣的人吧？」

「蛤？她那個眼神妳不要說妳沒看過，絕對會起雞皮疙瘩，就像在罵我『你這個廢物』啊！」

「所以呢？你有問過她本人嗎？陳志豪先生。」

阿豪自知理虧地癟嘴，「誰會問這種事啊……」

那種眼神絕對、絕對是看不起他啦！少年不服氣地想，而後又冷不防想起明天傍晚要再次和那群討厭鬼打比賽。

很好，他復仇的時刻到了！

隔天比賽是趙莎莎拖著尤欣去看的，在她眼裡，這兩人一樣彆扭、一樣難搞，再這樣發展下去，他們肯定會從此分道揚鑣。那可不行，她還想看見阿豪被尤欣瞪得安分守己乖乖聽話啊。

蔚以珊在一旁慌忙安撫，「我們也不想不勉強妳，妳別生氣啊。」

尤欣想，阿豪很討厭自己的眼神，見了自己，他一點都高興不起來吧？更何況是去幫他打氣……她倒不如躲得遠遠的。

在尤欣的想法變得更消極之前，趙莎莎用力拍了一下她的背，將她往前推幾步，「既然妳說他不笨，那他最後一定會看明白的吧？雖然……我還是覺得他是笨蛋啦！」

當她們抵達排球場時，比賽已經開打，雙方互不相讓，關乎面子的事青少年們總是特別敏感。阿豪急躁地想，今天可不能再輸了，不然眞的太丟臉了。

球網對面的人又開始挑事，「嗚哇！今天你的狀態不太好耶，都失誤幾次了？是上次被寶特瓶砸中的後腦勺還在痛嗎？」

對方此起彼落的嘲笑聲是那樣刺耳，他恨不得衝上去揍他們一拳。但這邊是學校，他拚命告訴自己，不要惹事，想繼續打比賽就不能惹事。

阿豪握緊拳頭，忿忿地看著對面拋起的排球，想著等會一定要扣球成功，殺他們個措手不及！

他突然想到害他丟臉的尤欣說過的話。

「既然那麼難受，下一次比賽在球場上狠狠地贏回來不就好了？連同今天的份一起。」

這一句話忽然就使他狂躁的腦袋冷靜下來，真不愧是一個眼神就能颳起暴風雪的人。

阿豪認真起來後，分數急起直追，隊友們見狀也士氣大振地喊著：「加油！再來一球！」

然而，兩隊原本分數就已經差太多，比分遲遲無法反超，僅是緊緊咬在對手後頭。

這樣下去會輸的，這一局就要這樣結束了嗎？不甘心、不甘心啊！阿豪在心中吶喊。

他忍不住急躁起來，因而失誤了好幾次。

這時，一旁傳來劃破天際的喊聲。

「不想被我看不起的話，就給我贏下比賽！」尤欣混在人群之中，扯著嗓子大喊。

從沒見過她如此激動又大聲地說話，一旁的趙莎莎和蔚以珊都傻了眼。

阿豪先是愣住，然後哈哈大笑，笑得眼淚都流出來了，緊張的情緒一下子就被拋到了九霄雲外。

眞不愧是雪女啊，僅是一句話就讓自己發熱的頭腦冷靜下來，他大聲回應：「我就贏給妳看！」

他們激昂地進攻，像是忘卻了所有肌肉上的疲累，最後一刻，兩隊的比數終於反轉。伴隨著比賽結束的哨聲，阿豪累得癱在球場上，手臂又痠又疼，他卻面帶笑意。原來這就是贏家的感覺，心中的大石頭彷彿被搬走，輕鬆多了，他終於給那群沒口德的人一個教訓了。

趙莎莎歪著頭看向尤欣，「這到底是什麼鼓勵方式？」

「我只是覺得需要給腦袋發熱的傢伙降溫一下。」尤欣淺淺一笑。

「這只有妳做得到。」她拍了拍尤欣肩膀。

阿豪在球場上朝她們喊：「妳們剛剛看到了嗎？我最後的扣球帥慘了吧？對方根本來不及反應，我可是狠狠地連同上次的份一起報仇了啊！」

「好像也沒有『狠狠地』。」尤欣冷靜地說，背起書包就要走。

「喂！那個……大家等一下要一起去吃晚餐嗎？」阿豪彆扭地問。

他極其不甘願地直視尤欣的雙眼，才發現對方狹長的鳳眼裡沒有一絲蔑視，僅有微微笑意，甚至還有轉瞬而過的溫柔。

尤欣輕聲說好。

「莎莎，妳真是個好人。」蔚以珊緩緩開口。

今天是莎莎說要拉著尤欣來看比賽的，彷彿她能察覺尤欣的心情一樣，明明兩人也不是多親暱的關係，互動也不頻繁。

「從來沒有人說過我是好人喔？」

「嗯，只是覺得妳對誰都挺好的。」蔚以珊想，對他們是，對我也是。

趙莎莎沒想太多，只是聳了聳肩說：「大概吧。」

結束對話後，他們一行人走進夜色之中。

她們組內討論完鬼屋的場地布置後，決定除了大塊黑布垂掛之外，窗戶還要貼上紅色玻璃紙，這樣才會透進微弱的紅色光影，顯得怪誕又血腥。

趙莎莎和蔚以珊下課後去書局買了一疊玻璃紙，蔚以珊覺得黃色漂亮，藍色也漂亮，拿在手上愛不釋手，趙莎莎索性全都買了。

蔚以珊透過紅色的玻璃紙看向遠方西下的夕陽，「莎莎妳看呀！這個世界像著火一樣。」

那畫面火紅得觸目驚心，有種危險卻又令人無法別開視線的美麗，好像她們這樣一直走，就會走進正中心的火球一樣。

如果知道面前就是地獄，她還能這樣泰然自若地走過去嗎？不可能吧？又不是傻子，都不害怕的嗎？趙莎莎心想。

當時她不曾想過多年後的自己，會那樣一腳踏入地獄，從此沒有退路。

採購完材料，蔚以珊吵著說要去趙莎莎的家做勞作剪裁，說是再回學校太繞路了。她想最近大姑情緒都挺穩定的，於是就答應了。

大姑家位於一處歷史悠久的住宅區，還有一戶人家的門牆是用紅磚砌成的。走進狹窄漆黑的樓梯通道裡，趙莎莎摸索著牆上的開關，燈管掙扎般地閃了幾下後終於亮了，發出昏黃的微弱光源，空氣中有股淡淡的霉味。

蔚以珊興奮得像個小孩，走路一蹦一跳，她摸著老舊生鏽的樓梯扶手，「這裡好古色古香啊，跟我家的感覺完全不一樣，太酷了！」

「與其說是古色古香，妳不如直接說很破舊？」趙莎莎在後頭看著，樓梯間太暗，她深怕蔚以珊不小心踩空了。

「我才不像妳那麼沒禮貌。」

「眞是謝嘍。」

趙莎莎將鑰匙插進門鎖內，斑駁的大紅色鐵門「吱呀」一聲就開了，蔚以珊小心翼翼地推開厚重的鐵門，「打擾了。」

屋內生活氣息很重，大姑中午沒吃完的泡麵還擱在餐桌上，旁邊還有一堆廣告傳單，花花綠綠的全疊在一塊。

夕陽透過窗花拖出一抹橘紅殘影，趙莎莎說：「看來大姑出門了。」

「妳大姑是什麼樣的人呢？」

她想了想，大姑是給了她一個避風港的女人、是教會她抽菸的女人、是個神智不清的瘋癲母親……最後她說：「是個很寂寞的人。」

「她有了妳，怎麼會寂寞呢？」

「因爲我無法塡補她心中的空洞。」趙莎莎笑著從冰箱拿出一小瓶養樂多給蔚以珊，「因爲我不想當個替代品，唔……說起來我也算是半個不孝女吧。」

然後她抽走蔚以珊懷中的玻璃紙，強制轉移話題，不給蔚以珊往下問的機會，「該做正事了，同學。」

蔚以珊沒有說話，只是跟著趙莎莎走進房間。

趙莎莎房裡的東西很少，書桌上擺了張家族合照，那是她小學時，一家人去海邊玩，請附近的年輕情侶幫忙拍的。照片有些逆光，但仍然看得出他們臉上的燦爛笑容，她雙親的面貌永遠停留在年輕時的模樣，而照片裡的她還是個小鬼頭。

她將這張照片洗出來裝進相框，擺在桌上，這樣她早上睡醒一睜眼就能看到。

蔚以珊看了一會，說她的五官像媽媽、臉型像爸爸。

「照片那麼背光妳也看得出來？」她笑著反問，但蔚以珊確實說中了，以前街坊鄰居都這麼講。

蔚以珊自豪地點了點頭，跟著她脫下襪子躺在床上。

她的身旁傳來淡淡的小蒼蘭香氣，應該是蔚以珊慣用的洗髮精，每次輕風拂過時她都會不經意聞到。

「這味道眞好聞。」趙莎莎輕聲道。

「下次帶一罐送妳，這可是我的愛用牌呢。」蔚以珊喜孜孜地炫耀著，而後她環顧四周，下了結論，「妳房間的東西也太少，像是來旅館過夜的。」

「要妳管。」

「看起來就像沒人住一樣。」

「說實在的，我也不是大姑的家人，我大概就眞的只是來過夜的……這麼講好像也沒錯。」

「妳大姑聽了會傷心的。」

「誰知道……她大概不會爲了『趙莎莎』而感到傷心吧。」趙莎莎聳聳肩，視線瞟向外頭，這才發現已經入夜了。

兩人分工合作，很快就將玻璃紙照著教室窗戶的尺寸剪裁完成。

蔚以珊興致一來，剪了黃色的星星和藍色的雲朵，問能不能貼在她房裡的白牆壁上？她當然是死命拒絕。

然後她們關了燈，把玻璃紙罩在手電筒上，狹小的房間頓時變得五彩繽紛、如夢似幻。蔚以珊高舉雙手說要教趙莎莎手影，「妳看，這是蝸牛、這是小狗、這是蝴蝶……」那抹影子毫無顧忌地展翅高飛，蔚以珊玩得不亦樂乎，趙莎莎看著在迷離燈光下的女孩，對方潔白的雙腳輕輕踩在棉被上，她不禁勾起唇笑了。

她也做了一隻蝴蝶，而那隻蝴蝶最後從屋內飛向夜空中的弦月，不曾回頭望。

伴隨著外頭落鎖的聲音，大姑回來了。

蔚以珊飛快地跑出去問候，「您好，我是莎莎的同學，我叫蔚以珊，今天要和莎莎一起做場地布置的東西，不好意思打擾了！」

趙莎莎見狀挑了挑眉，沒想到蔚以珊平常在班上那麼害羞，講起客套話倒是挺厲害的。

「第一次看莎莎帶朋友回來玩呢。」大姑笑了笑，手上還提著剛買回來的酸辣湯，「還沒吃飯吧？我熱一些菜一起吃吧。」

「不用了……」

不等蔚以珊說完，趙莎莎摀住她的嘴巴並接過提袋，「我來弄吧！大姑妳坐著休息就可以了。」

她附在蔚以珊耳邊，「我剛剛聽見妳肚子叫的聲音了。」

蔚以珊滿頭問號，心想自己才沒有呢。

大姑在一旁抽菸，同時在那疊廣告傳單中東挑西揀，找出了幾封繳費單，而後統統塞進口袋裡。

聞到菸味後，蔚以珊因爲有點被嗆到而咳嗽了幾聲，大姑有些歉然地說：「抱歉，我去陽台抽。」

蔚以珊看著正在炒菜的趙莎莎，猶豫半晌後還是跟了出去，大姑問她，「妳也要抽嗎？」

「我不抽菸的，那味道總是嗆得我流淚。」

「妳一看就是不會抽菸的乖孩子。」大姑彷彿想起了什麼，「說起來是我教會那孩子抽菸的，我常常忘記這個事實，或者其實我是故意遺忘的。」

蔚以珊驚訝地看著對方，大姑頓了頓後旁若無人地繼續說：「在我很痛苦的時候，尼古丁曾短暫地救贖過我，所以當我看到那個像被掏空的孩子時，我便手把手教會她怎麼抽菸。一開始她連打火機都不敢點，眞不知道那小小一簇火光有什麼可怕的，那時她才國三……很糟糕對吧？

「不要用那種眼神看我，我又沒當過母親，我根本不知道模範媽媽該是什麼樣子。」

她用力裹緊了外套，「我和那孩子要一起好好吃頓飯或許很難，但可以一起好好抽根菸，這樣也不錯吧？」

「請問……妳爲什麼對我說這些？」蔚以珊略微侷促地捏著裙襬。

「我曾經失去了很重要的東西，再也找不到了，感覺一直在黑暗中走了好久好久。然後，我看到那個失去雙親的孩子，就像看到了我自己。我曾以爲莎莎會是我的救贖，事實證明並不是，到頭來我只會也把她拉進深淵之中。」女人苦笑，「我的腦袋越來越不清楚，是我老了還是病了呢……

「但那孩子跟我不一樣，那孩子找到了她的救贖。」她手中的菸燒到了盡頭，「是妳。」

她就是趙莎莎在黑暗盡頭終於盼來的一道曙光。

三、潤水

大姑印象中的趙莎莎還是小鬼頭模樣，是她弟弟寶貝的獨生女，過年回老家時總能看到。老家是三合院，她就在院子裡用石頭在地上畫格子，和隔壁幾戶人家的小孩一起玩跳格子。

她小小的馬尾甩呀甩，在陽光下是閃閃發亮的淡褐色。她從小就長得高，大概是遺傳自老弟的吧？臉型也跟弟弟是同個模子刻出來的。

趙莎莎天生就有種領導風範，身邊總圍著一群孩子。她總帶領著其他孩子往後山跑，大人們也放心把小孩交給她，聽說有次遇到蛇還是趙莎莎嚇跑牠的，非常勇敢。

那時她總想著，如果敏兒有出生的話，一定也能像趙莎莎一樣在陽光下奔跑吧？敏兒還來不及看見孕育自己的母親長什麼樣子、來不及看見陽光、來不及呼吸新鮮空氣、來不及哇哇啼哭，就那樣虛無地消失了，無聲無息。唯一能證明她存在過的好像只剩下陽台的那一灘陳年血漬。

可是，敏兒明明就存在過啊。

每次轉身她都感覺得到敏兒，她踢她肚子的力道也那麼強勁，爲什麼大家都要說敏兒消失了呢？爲什麼宋子淵要把那些尿布和圍兜扔掉呢？

爲了不讓宋子淵把剩下的尿布和奶粉全丟了，她把那些東西全反鎖在一個房間裡，這是她的妥協。

宋子淵說她瘋了，跟她一起生活像在地獄一樣，自己不能再和她繼續下去了。簽字離婚那天，她異常平靜，沒有太多猶豫就提筆簽下名字。那天外頭是風和日麗的好天氣，她撫摸著自己變得扁平的肚子，心想，宋子淵一定不知道眞正的地獄是什麼樣子。

她一個人度過了很長的時間，第一次知道原來從天亮到日落如此漫長。她煮了一鍋地瓜粥卻沒有胃口，看了一下午的電視轉播棒球賽，又或是搬張凳子坐在陽台呆看日升日落。門口的信箱被塞得越來越滿，她久不出門，大概一星期只洗一次澡。

宋子淵留給她的財產不少，她統統拿去買酒買菸，買到雜貨店結帳的年輕女店員都認得她了。醫生說她流產後體質虛弱，加上她本就不年輕，禁不起這樣摧殘，她全當耳邊風。管他的，身體是自己說了算。

鄰居多半是怕她的，十個裡面有八個見了她都要繞道走，他們的眼神和看神經病沒兩樣。她有時眞想抗議一下，這種事身不由己，何況她有在定期服藥，宋子淵也搬走了，她不是活得安安靜靜的嗎？這世道還不允許她哀悼了？

有次她在樓梯口遇見住在樓上的母女，女孩大概是讀幼稚園的年紀，梳著兩根辮子像小公主一樣，她奶聲奶氣地說：「阿姨好。」

那位母親一手提著青蔥、一手牽著孩子，神情緊張地輕輕向她點頭。她想，她們家教可眞好，如果是她的話，肯定也會把敏兒教成一個懂禮貌的好孩子，一定也很討人喜歡。

敏兒還在的話，現在也差不多是這個年紀吧。

「要小心喔，小孩子比想像中還脆弱。」她忍不住伸出手輕撫女童的臉頰，而後看向女童身後狹長的階梯，「稍微跌一跤，就會流好多好多的血，孩子就那樣沒了——」

最後女童的母親慘白著臉，緊緊抱著孩子跑上樓。

而孩子在母親懷裡，臉上掛著天眞無邪的笑容，「阿姨再見。」

那陣子她弟弟偶爾來看她，拎著一袋食品和生活用品對她說：「姊！求求妳振作點好嗎？」

他邊說邊幫她清理亂成一團的屋子，並嘮叨著她家沒過幾天就又變成垃圾堆了，好不容易才清出一張飯桌。

「好……別再說了，我耳朵都快長繭了。」她弟弟怎麼就這麼愛嘮叨？

她軟軟地癱在沙發上，直到她弟弟幫她煮了一桌家常菜，味道十分誘人，她才爬起來看著對方依舊在廚房忙碌的背影，笑著說：「以前你還小，爸媽還沒下班時，都是我煮晚餐給你吃的呢。」

「那是多久以前的事了？」

「唔……記不清了。」

「我現在可會做飯了，莎莎說我做的炒飯是世上最好吃的。」

「哦？以前是誰差點燒掉廚房的？」

「那孩子還說我做得比我老婆好吃喔！真的！」

「她如果吃過我做的飯就不會這樣說了吧？」

「是呀。」他切菜的手稍微停頓，「所以妳要好好活著，我還想讓莎莎吃一次妳做的飯呢。」

她低頭，輕輕應了一聲。

那天她久違地吃上營養且豐盛的一餐，嘴裡咀嚼的食物突然就有味道了，她覺得神奇，又多扒了幾口飯。同時稱讚他長大了，變成一個稱職的「爸爸」了。

夜裡她像往常一樣坐在陽台前乘涼，外面榕樹上的夏蟬「知了——知了——」地叫，宣告著夏天的到來。

如果按照預產期來算，敏兒會是夏天出生的寶寶。這可不好，暑假生日的孩子都沒有同學來慶生，如果敏兒是個性格細膩的孩子，肯定會很受傷的吧？她默默想著。

此外，她還要送她去上小學、中學、高中和大學。他們家裡是務農的，她和弟弟從來就沒上過大學，也不敢和家裡提起這個要求，但現在這世代無論如何都得送敏兒去讀大學吧？

不知道她會喜歡什麼？會喜歡洋娃娃，還是棒球籃球之類的運動呢？會穿輕飄飄的蕾絲洋裝，還是帥氣輕鬆的褲裝？她和宋子淵身高都不高，所以敏兒大概會是個嬌小的女孩吧，無妨，她可以送敏兒去學跆拳道防身，不知道她會不會接受？如果她想學鋼琴或畫畫那也不錯……

明明她的未來可以那麼美好……

女人蜷起身子哭了，像嬰兒蜷曲在子宮裡一樣，不一樣的是她沒有羊水的保護，僅有虛無的幻想幫助她逃避現實。一旦停止想像，現實就像鋒利的刀子一樣刺進她心臟。

她撕心裂肺地哭，眼淚糊了滿臉，絕望近乎吞噬她。她爬起來，嘴裡發出無意義的嗚咽，而後走進廚房，把鍋碗瓢盆都重重砸在地板上，碎了滿地。

在那瞬間，她的心中有什麼東西也跟著支離破碎了。

她踩過滿地的碎片殘骸，幾枚碎片刺入腳底，地上留下細細血痕。

她走到陽台，猶豫了一會還是點了一根菸，接著就聽到隔壁鄰居破口大罵：「那戶瘋女人不睡覺又在發什麼瘋？都第幾次了，早點去死算了，吵得其他人都不用睡了——」

如你所願，她想。

珍惜地抽完最後一根菸，女人從陽台上一躍而下。

想死但沒死成，看來她的地獄還沒結束，難道上帝討厭她到不想收了她嗎？雖然她並不是個善心人士，但這輩子自己好歹不偷不搶。

那晚她摔在車頂上，汽車警報器在夜裡狂響，吵得大家破口大罵，家家戶戶都開窗探出頭看，想看是哪個笨賊偷不了車還弄出這麼大動靜，卻赫然發現摔在車頂上的她——不但沒死成還給別人添麻煩，車子的修繕費也不便宜，真是糟透了。

多麼荒謬的人生，她自嘲地笑了。

她弟弟走進來和她說該去復健了，年紀還小的趙莎莎也跟著他進來，睜著圓滾滾的大眼對她說：「大姑好。」

「妳是莎莎嗎？」

「對。」

「長這麼高啦。」

趙莎莎沒回話，只是遞給她一顆用透明玻璃紙包裹的粉色糖果，空氣中有股淡淡的甜味。

伸手接過時，糖果上還殘留著女孩手心的餘溫，她輕輕地說：「謝謝妳。」

聞言，趙莎莎笑著去一旁看漫畫了。

她問弟弟，「我昏睡的時候，子淵有來過嗎？」

猶豫了一會，弟弟據實以告，「沒有。」

「那就好。」她笑：「要是讓他看見我活得這麼窩囊，我還不如當場摔死算了。」

「妳希望我告訴他嗎？」他扶著她手臂的力道放輕，「我是說……妳希望他來陪陪妳嗎？」

她想到了以前他們在飯桌前爭吵時，連飯菜都可以拿起來丟，既滑稽又絕望，便笑著搖頭，「不要。」

弟弟沒說話，他不曉得這是不是姊姊的眞心話。

「回去吧，醫院死氣沉沉的，不適合小孩子待著。」她望向坐在角落看漫畫的趙莎莎。

「我怎麼能……」

「這裡的護士比你專業。」她笑著推了他一把。

「姊，我怕妳會……」

「放心吧，我暫時不想死了，骨折有夠疼的。」她看著打了石膏且被五花大綁的右手和左腳，很是無奈。

「嗯。」他揉揉她凌亂的頭髮，眼圈有些發紅：「姊，妳可別那麼輕易就死了。」

她笑得很開心：「知道了啦，老弟。」

語畢，想要抽一根菸，她才想起自己的右手骨折被固定住了，只好將左手那顆糖丟進嘴裡，是甜滋滋的草莓味，完全是小朋友會喜歡的口味。

她想著，偶爾像個小朋友胡亂撒嬌一番，好像也不是壞事。

她花了三個月才出院，這幾個月的房租都是她弟弟交的，至少她還有地方可住，不至於流離失所。

鄰居用異樣的眼光盯著她看——就是那個跳樓未遂的瘋子。

那又怎樣呢？反正她是不會搬走的，就算他們搞了個非法連署要她搬走她也不怕，在門口噴漆她也不管。她的視線落在陽台那一灘深紅，敏兒還在這，她怎麼能離開這個家呢？

幾天後，法院判決下來了，她還是能繼續住在這。反倒是其他鄰居覺得對小孩身教不好，深怕她哪天又跳樓了，紛紛搬離了這棟老舊的樓房。

她的四周變得更安靜了。

她在這棟老房子裡看遍了四季更迭，看無數租客搬入與遷出。有次她在樓下等垃圾車，也許是看她孱弱，一個新面孔的年輕租客向她搭話。

「妳家人怎麼不幫忙倒垃圾？這個樓梯又黑又陡，摔倒了該怎麼辦？」

她笑了，「家裡人睡得正香呢。」

年輕租客覺得這棟樓死氣沉沉的，不知道的話還以爲曾經死過人呢。他每次晚上回來，都覺得樓梯間那忽明忽滅的燈泡有些嚇人。

「這世上每分每秒都有人死去，如果有人曾死在這棟樓裡，一點都不意外吧？」

「那多可怕呀，在哪死都好，怎麼偏偏就死在這棟樓裡了呢？妳不覺得倒楣嗎？」年輕房客嫌棄地說。

她沒說話，垃圾車彎進了巷子內，一曲悲淒的〈給愛麗絲〉響起。她的指甲用力摳著垃圾袋，像是要把它摳出一個洞，垃圾車的車燈照著她半張臉。

她突然有股衝動想把將年輕租客推到車前，讓碩大的車輪用力地輾過他，先是大腿骨再來是肋骨和胸骨，大概會流很多很多血吧？

「來，我幫妳。」年輕房客接過她手中的垃圾袋，用力扔上垃圾車，而後還親切地問她住在幾樓，說自己下次可以幫她提下來。

「謝謝，我自己來就行了。」她笑著拒絕。

這世界眞不公平，有些人打從出生到死亡都沒見過地獄，她默默地想著。

雜貨店的店員小姐說，她最近結婚了，從她還是個大學生開始，就看見她總來買酒買菸，不知不覺就看了四年。

「恭喜妳結婚。」她笑笑。

「阿姨，希望您幸福。」店員笑著遞給她零錢，「我和我老公是在佛堂認識的，前幾年因爲我父親身體不好，我一直有去佛堂禮拜，沒想到在那裡遇見了伴侶，父親的身體也逐漸好轉。我常常覺得阿姨您眉頭深鎖，大白天就喝酒抽菸，肯定是有煩心事纏身，如果您不介意，可以和我一起去佛堂——」

「我啊，不相信神的存在喔。」她笑了，一把將找零的銅板全丟進捐款箱裡，「如果祂眞如妳所說的那樣慈悲爲懷，就不會讓我這個弱小的人類歷經此般痛苦了吧？」

店員沒多說什麼，只是點點頭，「我會爲妳祈福的。」

像她這種殺人者，有資格祈求平安喜樂嗎？

是她奪走了敏兒的生命，如果她再小心一點，敏兒就能健康長大，宋子淵大概也不會離開，他們會是幸福的一家三口。

敏兒會不會後悔選擇投胎到她的肚子裡呢？她們下一次輪迴還會相見嗎？

＊

白日豔陽，照得她昏昏欲睡。

手機倏地震動起來，除了她弟弟之外應該不會有第二個人打給她，陌生號碼的來電，肯定是廣告或是詐騙集團，她嘆了口氣後還是接了起來。

「請問是趙政男的姊姊嗎？」

所以她說了，世上肯定沒有神存在。

因爲神會憐憫世人、拯救蒼生，而不是將他們一次又一次打入地獄。

她低頭看著太平間內那兩具殘缺的屍體。

她急著跑來，手裡提著的紅白花袋裡還裝著剛買的啤酒和七星濃菸，啤酒因爲退冰不斷滴下水珠。

她想起幾個月前弟弟揉揉她凌亂的頭髮，眼圈有些發紅地對她說——

「姊，妳可別那麼輕易就死了。」

這世界啊，簡直太他媽荒謬了，她的弟弟和弟媳怎麼就這麼輕易死了？告別式辦得很低調，來的人很少，場面肅靜哀戚，那個被遺留下來的獨生女穿著黑衣黑褲，跪在靈堂前，長長的髮絲遮掩住她的神情。

她在後頭抽了一會菸，想著，太久沒見到弟弟的女兒，原來她已經長成小美女啦，明明記憶中的她還是個小豆苗呢。

其他親戚討論著，他們的女兒該怎麼辦呀？還只是個國中生，肯定有人得收養她吧？哎呦，平常也沒有多少往來，說起來我連她叫什麼名字也不知道呢，平白無故地讓她住進家裡不是會很不安嗎？

「等等，我這話怎麼就沒禮貌了？你摸著良心講，你會想讓一個沒見過幾次面的孩子住進家裡嗎？是吧？果然送育幼院是最好的選擇，不知道年紀這麼大的孩子他們收不收？但總會有地方收的，輪不到我們操心吧？」

她站在後頭聽完這些對話，踩熄了菸蒂，走到了少女面前，朝她伸出手，「跟我走吧。」

從此以後趙莎莎再也沒回來過這個傷心地，她帶著趙莎莎住進了那間死氣沉沉的老樓房。

她弟弟的這間屋子後來轉手賣人了，賣出的錢足夠她們花用，供趙莎莎上學大概不成問題。

趙莎莎住進這裡一星期了，還沒和她說過半句話。她並不在意，反正她一個人生活時靜得連時間流逝的聲音也聽得一清二楚。

她彷彿看見了當初流產的自己，原來宋子淵和她一起生活時也這樣苦悶又無力啊？難怪要和她離婚。眞好笑，她居然現在才懂得反省自己。

她久違地不是吃超商微波食品來塡飽肚子，而是煮了一桌菜。她不知道這年紀的女孩喜歡吃什麼，索性就隨便煮了。

趙莎莎默地坐在餐桌前，小口小口嚼著白飯，她看不下去，夾了一筷子菜放進趙莎莎的碗裡，「妳還沒和我說過妳喜歡吃什麼。」

然而趙莎莎依舊保持沉默。

「吶，我煮的飯有這麼難吃嗎？別再只吃白飯了，菜和肉都要吃啊。」她頓了頓，「看來妳是鐵了心不和我說話啊？但妳這樣做又能得到什麼？人又不會死而復生。」

聞言，少女停下咀嚼的動作，放下筷子，忿忿地盯著她看。

看來個挺有脾氣的孩子，她彎了彎嘴角，「別跟我說妳吃飽了，把妳碗裡的東西吃乾淨。」

趙莎莎低下頭，心不甘情不願地用筷子戳著白飯。

「我做的飯好吃，還是妳爸爸做的好吃？」

她隨口問問，也沒想過要趙莎莎回答，沒想到對方猶豫了一會，小小聲地回話，「爸爸。」

這是趙莎莎住進來後開口說的第一句話。

嘖，還眞是護短，她忍不住想。

趙莎莎眼裡有淚，她裝作沒看見，只是輕聲地說：「吃吧，多吃點。」

思念是一輩子的事，傷心也是，有些人被絆倒後會努力站起來跑得更快，有些人會從此一蹶不振。她想，她大概屬於後者，穩穩地跌進泥坑裡翻不了身，但她不希望趙莎莎過得和她一樣頹靡。

她眞想敲敲弟弟的骨灰罈，吼他一頓，「一個荳蔻年華的孩子被你們搞成這樣滿意了嗎？怎麼能一出門就再也回不來了？你要莎莎以後怎麼活下去？」

更氣人的是她彷彿可以看見弟弟笑著說：「抱歉啦！姊，莎莎就拜託妳了。」

拜託個頭，她這輩子就沒當過母親，天知道要怎麼當個好媽媽。溫柔與愛那種東西她不曾有過，更不用說引導少女走向正確的人生道路，她自己已經活得夠糟了。

某天，陽光透過榕樹的樹蔭灑滿陽台，一閃一閃的，照得晃眼。她光著腳丫子踩在地上，腳背似乎能感受到豔陽的溫度。

咯噔一聲，她身後的房門開了，她看著那個宛如行屍走肉的少女，如同機械一般喝水、吃飯、排泄。

她吐出一口煙，轉頭問：「要抽抽看嗎？」

趙莎莎沒有拒絕，或許是詫異怎會有大人對小孩提出這種問題，她先是愣住，然後緩慢地走到陽台上。她挪出一個空位，將手上那支抽到一半的菸遞給對方。

趙莎莎只是小小吸了一口就被嗆得不停咳嗽，眉頭皺在一起，眼底是藏不住的厭惡。

她忍不住笑出聲，像個惡趣味的大人。她終於看見趙莎莎露出正常人類的表情，而不是一雙死魚眼了。

「抱歉。」她不帶歉意地笑著說：「再試試看吧，說不定未來哪一天，妳就愛上這個味道了。」

事實上趙莎莎未來也成了個老菸槍，在那些零碎虛幻的日子裡，這是大姑唯一教會她的事情。

「媽的，這種該死的日子，還是需要尼古丁和酒精才能麻痺自己。」女人頓了一會，後知後覺地說：「啊……不可以說髒話。」

她大概眞的不適合做個母親。

她像隻慵懶的老貓趴在陽台上曬太陽，陽光輕輕燙在眼皮上，舒服得可以直接睡去。她微微睜開眼，看著有些侷促地拿著菸的趙莎莎，「如果未來妳哪天想走，隨時都可以離開，記得和我打聲招呼就好，別一聲不吭地偷跑喔。」

趙莎莎沒點頭也沒搖頭，就只是愣愣地盯著她看。

她在心中默默想著：弟弟啊，我會把莎莎接來一起住，其實是出於私心喔，我不想再一個人孤零零地住在這棟空無一人的房子裡。我啊……其實很寂寞，那份寂寞有時眞叫人無法忍受。

她總是噩夢纏身，夜裡再無安寧。

有次趙莎莎被她吵醒，小心翼翼地走近坐在廚房板凳上的她，「妳還好嗎？」

她顫抖著灌了幾口冷水，試圖讓腦袋清醒，然而這樣還不夠，她又從藥袋裡翻出藥丸一口吞下。

但她覺得自己依舊處在夢境當中，黑暗中有無數雙手朝她伸來，試圖把她拉進深淵。

有個小女孩哽咽地問：「媽媽、媽媽……爲什麼我沒有出生呢？

「媽媽，我一個人在黑暗中好害怕……

「媽媽，我也好想像其他小朋友那樣玩躲貓貓喔。

「媽媽，妳在哪裡呢？」

她對著黑暗焦急地開口，眼淚糊了滿臉，「在這裡，媽媽在這裡喔，媽媽哪都不去，就在這裡陪妳。」

眼前的小敏兒朝她走近幾步，黑暗中看不清女孩的面貌，但她毫無猶豫一把抱住小女孩，死死不肯鬆手，「對不起敏兒，對不起啊，都是我的錯，都是媽媽的錯……」

也不知道過了多久，也許是藥效終於發揮作用，她才發現自己抱住的是趙莎莎纖瘦的手臂。她鬆開自己的手，才發現趙莎莎的手臂被她捏出了兩道瘀青。

近在咫尺的趙莎莎雙眼盈滿了恐懼，身子還在微微發抖著，她呢喃似的說：「我不是敏兒……」

隔天一早她就去了診所，把藥袋放在診療桌上：「藥量再幫我開重一點吧。」

「夠了吧！妳又喝酒又抽菸的，現在還要加重藥量？妳有可能會死的。」

「死就死唄，沒什麼大不了的。」

「怎麼突然這樣要求，發生了什麼事嗎？」

她沒回答，只是淺淺一笑，「妳就開吧，我保證我不會那麼輕易死的，至少也要等到那孩子上大學我才能死……對，至少要活到那時。」

她拎著藥袋，漫無目的地在街上閒逛，走進了人潮洶湧的市場，周遭人聲鼎沸，叫賣聲此起彼落。

偶爾被擠得踉蹌幾步，她並不在意。她覺得自己像隻逆流而上的魚，水流的阻力不停阻止她往前走，明明是回家的路，爲何此時卻覺得腳步像被灌了鉛一樣沉重呢？

她輕輕敲打著自己的腦袋，她知道裡頭大概有哪邊不對勁，自己看到的畫面總是虛實交錯，有時在夢境中的日子還比現實多。

裡頭也許住著一頭怪物吧，她眞想告訴牠，「好，我投降，我們和平共處吧！別把我腦袋裡的東西全吃掉了，別讓我活在只能做夢的世界裡，別把我變成一個連眼前人是誰都認不清的傻蛋……」

她一下一下地敲著腦袋，力道從輕到重，擁擠的人潮中，沒人發現她低下頭來撲簌簌地掉眼淚。

她想起昨天夜裡趙莎莎盈滿恐懼的雙眼，眼裡倒映的是披頭散髮的自己，眞像一頭發瘋的野獸。

她未來某天，一定會完完全全地被那頭怪物吞噬吧。

「至少等到她上大學吧，別那麼急著吃掉我。」她對著腦中的怪物說。

她揉了揉發紅的雙眼，心想，這才是眞正的地獄。

四、萌芽

蔚以珊說趙莎莎做的飯好吃，沒多久就吃得乾乾淨淨。大姑誇蔚以珊的吃相有福氣，又添了一碗飯給她，說她是個人見人愛的女孩。

月色皎潔，她們坐在陽台乘涼看月亮，蔚以珊不知爲何心情很好，輕輕地哼著歌，夜風徐徐，輕輕撩撥著她額前的碎髮。

大姑勸她住下，說這麼晚一個女孩子走在路上很危險。

明天正好是週六，蔚以珊思考片刻便答應了，並且打電話和家裡說了一聲。

「我大姑好像很喜歡妳。」

「那眞是太好了。」蔚以珊笑得很開心。

「對了，妳們剛剛在陽台聊了些什麼？」

「嗯……祕密！」她笑得慧黠可愛。

蔚以珊說趙莎莎眞是不簡單，明明房間東西那麼少，卻還是可以弄得一團亂，然後她又說：「以後我們都長大搬家了，不如一起合租吧？妳做飯、我打掃，晚上有空就可以像今天一樣坐在陽台看月亮。對了，一起養隻小貓或小兔子吧，我從以前就一直想養寵物，可是我爸會過敏。或是我們可以在陽台做個小花圃，微風吹拂時，就會把花香都帶進屋裡……莎莎，妳覺得呢？」

對趙莎莎來說，未來是一片空白，無從想像，她一直都是走一步算一步，但聽到蔚以珊口中講出對未來的想象，而那想象中有自己，她心中便湧上一陣難以言喻的悸動。

好啊，一起過吧，我們一定要一起過。趙莎莎在心中默默回答。

而後她有些侷促地岔開話題，「妳就是想蹭吃蹭喝吧？」

「我是不希望妳以後住在蟑螂窩裡。」

「我這是亂，又不是髒，這兩個差多了。」

「怎麼就差多了？妳說說看。」

她們在房間裡有一搭沒一搭地聊著，沒多久蔚以珊就睡著了。她熟睡的時候像個小天使，眼睫毛根根分明，皮膚因熱氣而透著微微粉色，幾乎沒有呼吸聲，像個人形娃娃一樣。

趙莎莎看了一會，坐起身調大電風扇風量，然後關上燈。

「做個好夢。」她輕聲對著蔚以珊說。

夜裡趙莎莎被細碎的啜泣聲吵醒，那個哭聲她再熟悉不過，輕聲打開房門，果然看見大姑一個人坐在陽台的板凳上落淚。

「妳又做夢了嗎？」

大姑愣愣地看著她，雙眼沒有焦距，有些迷茫地喊：「敏兒？妳什麼時候來了？」

趙莎莎嘆了一口氣，轉身走回廚房找藥袋，雙手卻忽地被拉住。

大姑喊：「哪都別去！敏兒，妳哪都別去，就在這裡陪媽媽行嗎？求求妳別走……」

她沒回話，窗外烏雲散去，皎潔的月光映著女人滄桑且滿布細紋的臉龐，她思考著，大姑什麼時候變這麼老了呢？

大姑的力道太大，抓得她手腕發疼，她忽然想起剛搬來這裡不久的那個夜晚。

大姑緊抓著她喊「敏兒」，抓得她的手臂都瘀青了，就算喊疼，大姑也置若罔聞。那雙失焦的雙眼看著的不是她，是另一個消逝的孩子，那個大姑心愛的孩子。

那是趙莎莎第一次覺得大姑好可怕，萌生了想逃跑的念頭，也是她第一次有所認知，自己終究只是一個房客，一個替代品。

她有好好地長大了，力氣都快比班裡的男生大了，有次和阿豪搶東西還是她搶贏呢。阿豪都叫她男人婆，和別人打架還會找她來助陣。

趙莎莎只要一用力，就能甩開這雙羸弱的手，但她沒那樣做，只是任由大姑抓著她的手腕。

「不准妳丟下媽媽一個人走掉……」

「噓！我哪都不去，今天家裡來客人了，要小聲一點喔。」趙莎莎輕聲說。

大姑只是死命拉著她的手，一遍又一遍哭喊著敏兒。

蔚以珊被吵醒，睡眼惺忪地走到陽台，幾撮髮絲亂翹著，她看見這幕沒說什麼，只是倒了一杯溫水過來。

趙莎莎有些驚慌，想叫蔚以珊回房睡覺，但對方只是對著她彎了彎嘴角。

然後蔚以珊蹲下來，一根一根地扳開大姑僵硬的手指，像對待新生兒那樣溫柔無比，「不是喔，她不是敏兒。」

「妳在說什……」

「阿姨，她不是敏兒，她是趙莎莎，是世上獨一無二的趙莎莎，請您好好看著她。」

大姑有些惱怒，「妳是說我搞錯了嗎？」

「是的。如果您只是看著敏兒，而不是看著趙莎莎的話，那就必須鬆開您的手才行呢。」蔚以珊笑著扳開最後一根手指，將溫水杯放進大姑的手心，「因為那樣實在是太寂寞了呀。」

趙莎莎站在原地動彈不得，甚至指尖都有些發麻，她想著一定是因為血液不流通的關係吧。月光清冷，照在蔚以珊身上彷彿神靈一樣聖潔無比。

大姑緩緩抿了一口溫開水，歪頭看著月亮不發一語，眼角的淚水滑落。

蔚以珊抬頭，對她咧嘴一笑，「趙莎莎就是趙莎莎，不需要活成其他人！」

蔚以珊小鹿般的雙眼閃閃發亮，裡頭彷彿有一整片璀璨星河。

那是趙莎莎聽過的千言萬語裡，比任何情話都還動聽的一句話。

如果說這個小小陽台曾經經歷了地獄，是一切不幸的起源，那麼在此時此刻，在一個平凡如斯的月夜，這裡也降臨了神聖的救贖——一個單純的、不求回報的、帶著溫暖笑容朝她伸出手的女孩。

這讓趙莎莎再也沒辦法將視線從蔚以珊身上移開。

趙莎莎伸出手，撫平蔚以珊的一頭亂髮，「抱歉啊，吵醒妳了。」

「我是被冷醒的啦，電風扇風力太強了。」

「好好好，就當作是那樣吧。」她笑了，推蔚以珊回房裡睡覺。

「她是個很好的朋友呢。」大姑緩緩開口。

見大姑冷靜下來，趙莎莎微笑，「她聽了會很開心的。」

「抱歉啊，我又一次傷害妳了。」

趙莎莎緩緩點了一根菸，小小的火光在黑暗中特別晃眼，「那不是妳的錯。」

「妳什麼時候還會替我說話了？」大姑失笑。

「實話實說不行嗎？」

「是我的錯喔，我心裡明白。」大姑將最後一口溫開水一飲而盡，「我這輩子一直在贖罪。」

趙莎莎沒說話，覺得突然沒有抽菸的心情了，將抽到一半的菸遞給大姑，「七星濃菸，妳抽完吧。」

「在妳來之前，我曾經從這邊一躍而下，妳記得嗎？那時妳和妳爸爸還一起來醫院探望我呢。」

「大致記得。」她忘不了全身被繃帶纏滿的大姑和滿面愁容的爸爸。

「結果居然摔在車頂上，眞的有夠丟臉，鄰居還以爲車要被偷了，哈哈哈！」

「那時……我是說跳下去那瞬間，妳在想什麼？」

「什麼都沒想喔，就是覺得，啊，是時候了。」

「我還以爲會有人生跑馬燈呢！電視劇都那樣演。」

「他們一定沒有眞正地死過一次。」大姑笑著吐出一圈煙，「死亡並沒有多特別，它有可能發生在一個普通的月夜，或是某個平凡日常的早晨，今天的我怎麼知道明天的我會不會死呢？」

「可是如果能提前預知死亡，一定就能好好道別了吧？」

聞言，大姑看了一會趙莎莎，又別開視線，心想這女孩眞的和老弟是同個模子刻出來的。

趙莎莎看大姑時也有同樣的想法——眞的眞的好像爸爸，不論是眉眼，還是嘮叨時的語氣。

「所以重要的話一定要及時說出口，不然眞的會超級後悔。」

「是呢。」

「我有很多話想和妳爸爸說。」

「不要說我的壞話喲！」趙莎莎笑了，囑咐大姑早點睡，便轉身回房。

世界是殘酷無情的——趙莎莎早就知道這個道理。

想死的人死不了，活得好好的人偏偏就死了，還眞是不遂人意。

趙莎莎看著縮在棉被裡，探出一雙眼看她的蔚以珊，暗忖，這世界一定沒有神存在。

因爲在父母雙亡後，她曾無數次向神祈求，求求祂也帶走她，活著已經沒有意義了。

但她現在反而很感謝神從未聽從她的祈求，甚至激動到有點想哭——幸好自己還活著，才能遇見蔚以珊。

校慶當天她們提前去學校布置鬼屋，工作結束後，蔚以珊拿出電棒捲和化妝包，幫她打扮一番。

睜眼的瞬間，趙莎莎發現蔚以珊的臉近在咫尺。

「莎莎，我就說妳很美吧！」

什麼美不美的她才不知道，她只知道眼線熏得她想流淚。

「別掉眼淚啊，眼線會暈開，我好不容易才畫成功的。」

趙莎莎看著眼前笑容燦爛的女孩，早晨的陽光輕輕灑在她俏麗飛揚的髮絲上，白皙的脖頸露出一截，她想，這才是美啊，還真是毫無自覺。

那天趙莎莎體驗了一上午當美女的感覺，班裡的女生誇獎她，一些平常和她打鬧的男生們居然害羞了——她差點沒把早餐全吐出來。

「妳今天特別好看。」阿豪紅著臉說。

「好噁，你剛剛稱讚我了？」

「妳！幹！我發誓我再也不要稱讚妳了。」阿豪生氣地跑走了。

趙莎莎和蔚以珊一起逛園遊會，想吃的東西都買一份分著吃，蔚以珊這個那個都只想吃一口，她氣得直說：「東西要吃不完了，飲料有兩杯了妳怎麼還點？手邊的吃完才准再買……」

操場上懸空掛滿了五顏六色的風車，風一吹來就急速轉動著。

蔚以珊說，小時候她家也有很多風車，都是她吵著要買的，她好喜歡風車靜止的模樣。可是風車實在是太輕了，一有風吹草動，就會被吹得不停旋轉，轉得身不由己。好累啊，該怎麼讓它停下來呢？伸手去碰的話肯定會被劃傷吧？

「可是，這世界還是有人會伸出手喔，還是她其實沒想過會被劃傷呢？」

趙莎莎想了一下說：「就算會被劃傷也忍不住想觸碰，難道不是因爲實在太想得到了嗎？」

微風吹拂，蔚以珊看著她，笑說：「妳對我太好了，該不會是喜歡我吧？」

蔚以珊肯定又在開玩笑了，她不能誤會，她們的「喜歡」從來就不能相提並論。

「誰喜歡妳啊，少臭美了。」趙莎莎也笑了，而後別過頭看向遠方。

蔚以珊沒說什麼，只是拉著她去操場，「來拍紀念照吧！我有帶拍立得喔！妳今天這麼美不拍下來太可惜了。」

喀嚓一聲，閃光燈閃得她想流淚。

那是秋高氣爽的一天，北雁南飛，街上一整片紅楓飄零，氣氛明明很和諧，同時卻又有無以名狀的蕭瑟。

多年後，她身上只留下這張拍立得，那是兩人曾緊緊聯繫的證明。

儘管趙莎莎跑得快，她其實不愛上體育課，覺得又熱又煩人。她懶洋洋地走到樹蔭下，那裡早有一人，她笑著打招呼，「嗨，愛偷懶的尤同學。」

「妳沒資格說我。」

「昨天回家累死了，怎麼扮個鬼也這麼累，明明我們也沒做什麼事，那些人一看到我們就鬼吼鬼叫。」

似乎想起昨天的情景，尤欣皺起眉頭，「我到現在耳朵還在痛。」

「妳覺得他們是不是看到妳的臭臉才這樣？」

尤欣「嘖」了一聲，拒絕回答。

明明入秋了，怎麼氣溫沒有絲毫要降低的意思？趙莎莎反手抹掉額間的汗水，覺得有些發昏。

「妳喜歡她嗎？」尤欣突然開口。

「誰？」

「蔚以珊。」

「我……」她忽然感覺口乾舌燥，腦子轟地一片炸開，「哈哈！怎麼可能啊，一點道理都沒……」

「喜歡一個人需要什麼道理嗎？就像阿豪突然喜歡妳一樣毫無道理可言吧？」

「喂！那是化妝的關係，只是一時的錯覺啦！」

「他可是一直忍不住偷看妳喔？」尤欣的視線筆直望著球場上的少年，「不管是以什麼契機爲開端，喜歡一個人的心情都不該被否定吧？不管是否定別人的，還是否定自己的。」

趙莎莎沒說話，只是抱著膝蓋，喃喃地說：「嗯，抱歉。」

球場上的少年發球又沒過，氣呼呼地大喊一定是因爲太熱了，尤欣看著忍不住淺淺一笑，問：「爲什麼是她？」

「誰知道。」

「我不擅長和那種閃亮亮的小女孩說話。」

趙莎莎噗哧一聲笑了，「閃亮亮到底是什麼鬼形容詞。」

「我這是比喻。」

「滿爛的，我覺得不行。」趙莎莎還在笑。

「總之我希望妳幸福。」

「為什麼？」

尤欣彎了彎嘴角，「因為我不討厭妳。」

「說到底，我們其實還滿像的。」趙莎莎看著在場邊撿球的女孩，她害怕隨時被飛來的球砸到，畏畏縮縮像隻草叢裡的小白兔。「喜歡照顧一些小動物，看他們摸索這個世界前進，有時莽撞，有時退卻，總覺得不好好看著他們就不放心。」

阿豪喊著這次一定要傳球給他！不傳不是朋友！又蹦又跳的，像一隻炸毛的大貓咪。

「無法反駁呢。」尤欣低下頭笑，突然想到，「對了，那女孩好像不太喜歡我。」

「怎麼可能？」趙莎莎想，蔚以珊不只沒心眼，正確來說應該是沒神經吧！

「是嗎？看來是我誤會了。」

「莎莎——」蔚以珊小跑步跑到她面前，微微喘著氣，朝她伸出手，「陪我一起玩拋接球吧！」

「太熱了……妳還玩得下去？」

「等等一起去福利社買飲料嘛，我請妳！」

「妳會說話算話才有鬼。」明明嘴上這樣說，趙莎莎仍然笑著回握那隻纖瘦的手。

尤欣冷眼旁觀，想著：趙莎莎，妳看吧，妳還是會不假思索地握住那雙手。這種感情是絕對騙不了別人，也騙不了自己的。

看著兩人離去的背影，尤欣才發現阿豪已經坐在球場邊休息，他的視線也跟著趙莎莎的背影移動。他看了一會，又滿血復活地喊著讓他上場！這次他肯定會多扣幾顆球！

阿豪的運動服早已被汗浸濕，但他仍無所覺地在陽光下奔跑，全心全意地愛著排球。

尤欣看著這樣的他，覺得眞是耀眼。

萬木凋零，那是高三的冬季。

放學路上學生三五成群地走著，因爲鄰近學測，人人手上都拿著本單字書，或是急著趕去補習班，絲毫不敢懈怠。

趙莎莎和蔚以珊相處的時間變少了，蔚以珊本就是個認眞讀書的好學生，放學了也泡在圖書館。她還是一如既往地去便利商店打工，偶爾邊顧店邊寫模擬題，一轉眼天就黑了。

人的未來原來是用成績決定的啊……她嚼著即期飯糰，看著題本上洋洋灑灑用紅筆修改過的答案，覺得這世界眞他媽的白痴，卻又不得不服氣。想要和蔚以珊一起住，也得考得上附近的大學吧？不對，蔚以珊肯定能上個好學校，而她能有間學校讀就不錯了吧？

她想一想又自嘲地笑了，乖乖地接著寫模擬題，腦細胞大概死了一大半，想要達成這社會的期望標準還眞難呀。

田徑教練問她有沒有興趣成爲培訓選手？畢竟單就田徑而言，她的成績還是很棒的。

她笑著拒絕，「跑步跑得快不能當飯吃啊，我不想這麼年輕就餓死街頭，教練你是不是覺得我就只會跑步，沒有其他專長了？」

要訓練的話她就得南下去那間體育名校了吧，那裡距離蔚以珊實在太遠了。

教練氣得說：「妳要考慮妳的未來啊，接受專業訓練後妳肯定會有大好前程，明星選手是不愁吃穿的，這些年來我從沒看錯人！」

趙莎莎彎了彎嘴角，「我才不要。」

她本就是走一步算一步，未來什麼的，她才不管呢，可是蔚以珊說了，她的未來中有自己。她們大概會租一間小套房，種一些花草或是養寵物，一起過生活……那眞是一句動聽的話。

所以啊，她得待在蔚以珊伸手可及的地方才行。

「雖然我這顆腦袋不太中用，但我有在思考未來喔。」她推回教練遞過來的招生簡章。

教練尊重趙莎莎的選擇，但仍然覺得痛心，那是他第一次看見運動員擰斷了自己眼前的路。

明明這孩子在陽光下是那麼耀眼，跑起來宛如與風共存，速度之快彷彿無人能抓住她，她是那麼的自由。

她一定是找到了其他更重要、更珍惜的事物了吧？

教練笑著把簡章揉成一團扔進垃圾桶。

灰色的天空烏雲密布，還下著絲絲細雨，天氣很冷，遠看像是大雪紛飛。蔚以珊的每個呼吸都吐出團團霧氣，寒冷使她的雙頰有些泛紅。

趙莎莎第一次看見尤欣如此慌亂，她氣喘吁吁地跑過來，「阿豪在後巷和隔壁校的人打起來了！」

「那個笨蛋不要理他就好。」趙莎莎心想，又來了，就他最會惹事。

「不是的，對方拿了球棒和木棍，一副要打死人的樣子！」尤欣拉住她的衣角，手指微微顫抖，「妳去阻止他吧！依他的個性一定會跟對方拚到底，沒分出輸贏就不服氣，妳的話他一定會聽……」

「不要去。」蔚以珊在另一邊用力拉住她的書包背帶，「太危險了！」

見狀，尤欣緩緩地鬆開了手，「知道了，我自己去把那傢伙拖走。」

「喂！」趙莎莎看著尤欣果斷離開的背影，知道事態一定很嚴重，否則她不會來求助。

但是蔚以珊叫她不要去。

蔚以珊依舊緊緊拉著她的書包背帶，深怕她一不注意就跑掉，「妳去了會受傷。」雨點漫天飛舞，輕輕打在她們的身上，趙莎莎笑了起來，原來這就是被人擔心的感覺嗎？還眞是不賴啊。

「我跑得很快。」她笑著把書包交給蔚以珊，「換句話說，逃跑是我最擅長的事。」

「不要去。」蔚以珊還是決絕地望著她。

趙莎莎安撫似的輕拍女孩蓬鬆的髮絲，「我馬上回來。」轉身，她頭也不回地追上尤欣的背影。

蔚以珊一直都知道趙莎莎很擅長跑步，教練大概也對趙莎莎寄予厚望，她平時坐在司令台上統統看得一清二楚，教練的眼神中期許、崇拜、嫉妒全都混雜在一起。趙莎莎就像一陣風一樣，在還沒被捉住以前，就已經溜走了。

蔚以珊的手停在半空中，她本想伸出手抓住趙莎莎，卻連一根髮絲都沒碰到，只有冰冷的雨點落在指尖。

我寧願妳不要成爲那陣風，莎莎。她無聲地說道。

學校後巷一片混亂。

尤欣說她認得其中幾張面孔，是上次打排球賽的隔壁校球員。阿豪和他的隊友們各個鼻青臉腫、滿身泥灰，他們挨了幾下棍子，然後搶走對方手上的傢伙，再還給對方幾下棍子……附近的住戶聽到動靜就推開窗戶，一看差點嚇死，少年們光天化日之下鬥毆，弄不好就要出人命，於是紛紛打電話報警。

阿豪被人按在地上揍，下一秒他踹開身上的人，掄起拳頭反擊，他嘴角邊都是血漬，一邊眼睛似乎受傷了睜不開。

尤欣早就知道他常打架，卻是第一次看見他傷得這麼嚴重。

「只知道拳打腳踢，不知道逃走的笨蛋！」趙莎莎將尤欣往後拉幾步遠離混亂，「我會拉他出來的，別擔心。」

遠方警笛聲鳴起，巷尾處有紅色、藍色的燈光閃爍，少年們卻像是殺紅了眼，沒有要收手的意思。

他們都想去吃牢飯是吧？一起手拉手去警局很有趣嗎？趙莎莎心一橫，衝進人潮中拉起阿豪的手就要跑。

遍體鱗傷的阿豪下意識反應就是揮一拳出去，她偏頭躲過，那一拳僅輕輕擦過她的臉頰，但他腕上的手錶還是在她的臉頰擦出一道血痕。

阿豪語無倫次，「妳、妳……」

「發什麼呆？快跑！」趙莎莎毫無所覺地拉著他拔腿就跑。

他們從混亂中鑽出，場面暴力又失控，沒人發現他們幾個就這樣溜走了。

尤欣也拉了幾個同學跑開，同時大喊：「走這邊最近！」

他們三三兩兩地跑回校門口，眾人氣喘吁吁，趙莎莎跑在最前面，而阿豪完全就是被拉著跑，還說她跑太快了，他快吐了。最後甚至直接癱在校門口，也不管其他人的目光。

「媽啊，那群混蛋，居然帶木棍來打！」

「幹！下次再見到他們，我絕對要打得他們屁滾尿流！」

男孩子們滿身掛彩，被揍得像豬頭，氣不過地直說要去復仇，下次去對方學校堵人。

最後還是趙莎莎聽不下去，抬起腳作勢要踹他們，「既然你們這麼想被揍，不如我現在就多踹幾腳成全你們？」

「沒、沒有。」幾個男生囁嚅道，心想，阿豪的朋友怎麼這麼可怕？

尤欣蹲下來查看阿豪的左眼，「你眼睛受傷了？」

「啊！我剛剛好像被某人的手肘撞到，但應該沒事——幹！好痛！」

尤欣不客氣地一把壓在他的左眼上，阿豪差點就痛到流眼淚了，剛剛他被那群傢伙打也沒這樣哀號。

尤欣嘆了一口氣，「等等跟我去看醫生。」

聞言，阿豪猛然看向趙莎莎，「喂！傷口……很疼嗎？」

「你哪隻眼看見我受傷了？」

尤欣掏出小鏡子給她看，她才發現右邊臉頰被劃出一道血痕，血絲緩緩往外冒。她笑了出來，說這和她在跑道上摔出來的傷口比，根本就不算什麼，一點也不痛，只是稍微破皮而已。

要是剛剛趙莎莎沒有偏頭躲過那拳……阿豪滿臉歉意，現在想來還有點害怕。

警笛聲漸行漸遠，他們聽說一幫人都被帶到警局了，個個都是現行犯，幾名老師和主任臉色凝重地跟過去。

蔚以珊一個人孤零零地抱著醫藥箱站在校門口，雨水打濕她額前的碎髮，也不知道等了多久，她的臉頰被凍得通紅。

她看見他們一群人便走了過來，面無表情地將醫藥箱和書包塞進趙莎莎懷裡，她看著趙莎莎臉頰上的血痕，「我就說了妳會受傷。」

「那是我——」

沒聽完解釋，蔚以珊頭也不回地走了。

手上的醫藥箱上貼著保健室的貼紙，看來是蔚以珊剛剛借來的，趙莎莎看著她踽踽獨行的背影，沒有追上去，反而喊道：「受傷的人都過來擦藥，應急一下，嚴重的記得去看個醫生開證明。」

「我來吧。妳不追上去嗎？」尤欣一把接過。

「我大概本質很惡劣吧。」趙莎莎笑著將碘酒和消毒水分給其他人，幾滴消毒水滲入了她之前切菜時劃到的手指，疼得她一顫。「一想到她會擔心我擔心到生氣，我就開心得不得了。」

小小的雨點像是鵝毛細雪，輕輕地從天空中飄落。

隔天他們統統被叫去訓導處，警方和老師們昨天嚴苛訊問那群孩子有誰參與群架。最終他們還是一五一十交待了，連幫助逃跑的趙莎莎和尤欣也被視爲共犯。

班導頭疼地說：「又是你們！是不是非要鬧到退學才甘願？你們整天就只會打架鬧事嗎？拜託別再給我惹麻煩！」

主任在一旁開口，「現在還眞是世風日下，我們以前那年代啊，不是每個人都能上學，能上學的人都萬分珍惜這個機會，哪敢這樣鬥毆？你們知不知道對方有名學生的家長是市議員？要是鬧到新聞媒體都來報導那還得了？還好對方不追究……

「還眞是不可教化啊！涂老師，我看說再多也沒用！浪費口水！他們以後都是社會敗類，不如現在就讓他們退學出去混日子……

「我們定個時間，大家一起去道歉。學測也快到了，你們知道這種校內品行紀錄對升學影響很大吧？知道的話就好好道個歉，早點讓事情落幕。」

趙莎莎一直都知道，「大人」是一種噁心自私的生物。

「是他們先動手的喔。」喧鬧中，她平靜地開口。

「行了吧！做錯事還這麼理直氣壯，妳是不是覺得自己沒動手揍人就沒錯了？妳的行爲是共犯、是助長暴力⋯⋯」

「我是說，帶木棍球棒來打人、在學校後巷堵人的都是他們。」她毫無畏懼地直視主任的雙眼，「這樣大家的行爲，是不是叫作『正當防衛』？」

班導被堵得說不出話來，氣得臉紅脖子粗。

「我不過是想和隊友們一起吃個粉圓冰就被打了啊！」阿豪吊兒啷噹地從褲子口袋掏出一張皺巴巴的驗傷單，「不過現在也吃不了了，嘴破有夠疼的⋯⋯啊，說起來昨天醫生說我的左眼差點就危險了。」

「帶大家去醫院還有昨天目睹全程的都是我，我可以證明是對方先動手的。」尤欣居然笑了，阿豪覺得周遭氣溫又下降了幾度。「還是要用測謊機看看我有沒有說謊呢？」

「就是啊！老師，看見他們拿球棒的時候，我們都覺得肯定要死在那裡了！」

「我本來想逃的，但對方人多勢眾，一圍上來根本無處可逃。我怎麼可能傻傻站著被打，當然要還手啊！這怎麼就不對了呢？」

「爲什麼不是他們來道歉啊？二班的銘宏聽說還打石膏了——」

「啊，您方才說對方的家長是市議員對吧？」趙莎莎覺得自己現在應該要很生氣，但腦袋卻出奇冷靜，「那您們肯定是被施壓了吧？因爲我是第一次見到像您們這樣的師長喔，像條哈巴狗一樣卑躬屈膝地偏袒對方。難道是被對方威脅了嗎？沒辦法啊，公權力就是這麼可怕，還是我順便請警察調查一番，還各位老師一個公道……」

「別、別亂說！」班導白著臉，無法直視趙莎莎那烏黑到近乎吞噬一切的雙眼。

大家你一言我一語，最後主任喊道：「今天就到這了！警方後續會繼續調查！大家都回家吧，你們最好都乖乖的不要再出事！」

人潮中，趙莎莎看見幾名老師望著他們直搖頭，「不良終究是不良，只會惹是生非，也考不上什麼好學校，將來肯定是社會敗類……」

像是看蟲子一般蔑視的眼神。

「我絕對不會成爲你們這種大人。」趙莎莎輕聲發誓。

「妳們完全就是兩個世界的人啊。」

趙莎莎看著那個站在樓梯間向她搭話的男孩，看了一會發現他是班裡一個向蔚以珊告白過的眼鏡男孩。他似乎很緊張，就連剛剛那句話也像是卯足全力喊出來的。

「什麼意思？」她笑著問。

「她就像一張白紙，是妳……是妳將她染黑的！我的意思是，她的世界裡本來沒有暴力，像妳這樣的不良少女，爲什麼偏偏要靠近她呢？這樣肯定會汙染她的……」他提起勇氣說出口，眼鏡下的雙眼滿是憤怒和害怕。

趙莎莎沉默著，往下走了幾步，男孩害怕得跟著退了幾步。

她想起了那個月夜，女孩扳開了大姑禁錮她的十指，笑著和她說不需要活成其他人，趙莎莎就只要活出趙莎莎的樣子就好。

「是她先朝深淵裡的我伸出手的，然後我回握了，就只是這樣而已。」她笑著開口：「不要叫我鬆開手喔，我絕對不會那樣做。因爲正如你所說，我不是什麼好人，我非常自私自利。」

眼鏡男孩沒再多說什麼，轉身下樓了，他的眼神彷彿在看一個無可救藥的人。

爲什麼每個人都要擅自對她抱有期待然後又失望呢？她早就被這個社會淘汰了，現在大概是世俗眼中最底層的渣滓吧。沒差，她已經決定要隨心所欲地活，活出她自己的人生，說到底，她個性本就桀驁不馴，討厭被任何規則束縛。

她用力拍打了一下自己的雙頰，清脆又響亮的「啪」一聲，臉頰火辣辣的疼，總算勉強打起精神。

蔚以珊一個人站在校門口，微微踮著腳尖，不停東張西望。

趙莎莎心想，眞奇妙，明明放學的人潮川流不息，都穿著相同的制服外套，她卻總能一眼就看見女孩，彷彿其他人都成了背景。

她從後頭走近，拍拍蔚以珊的肩，「不回家在幹麼呢？」

「剛剛遇到阿豪他們就聊了一下……他們說妳剛剛堵住了老師們的嘴，帥慘了。」蔚以珊看來很驚訝，但還是故作鎮定。

「我哪有。」她默默想著阿豪的嘴巴真是不牢靠。

「妳……今天要去打工嗎？」

「嗯。」

「那一起走吧。」

趙莎莎笑著伸手將蔚以珊脖子上的圍巾圍得更緊一點，「嗯！」

一路上北風凜冽，蔚以珊說：「這個冬天真的太冷了。」

「再忍一下吧，等到春暖花開的時候，我們就能去海邊玩了。」

她們一直嚷著要去陽光普照的南城，終於在這次畢旅成真了。一想到《海角七號》裡那片碧海藍天，還有溫暖熱辣的陽光，就讓眾人迫不及待想立刻飛去海邊。

阿豪那群男生更是下流地喊著：陽光！沙灘！比基尼辣妹！

他們肯定是被這刺骨寒風給凍壞腦子了。

「好期待啊，那裡一定四季都很溫暖。」蔚以珊吸了吸鼻子。

「嘿，妳想考哪邊的大學？」

「就這附近的，最好在市內。離家近，也有不少好學校。」

「肯定能上的，妳那麼努力。」

「好緊張啊！下週又要模擬考了，每次看排名我都會發抖。莎莎，那妳想上哪間呢？」

趙莎莎看著蔚以珊一會，對方的鼻子被凍得紅彤彤的，「也是這個市內的，我盡力試試，妳也知道我不是讀書的料。」

蔚以珊笑得很開心，眼角都彎了起來，說她一定能行的！然後從包裡掏出了一塊OK繃遞給她，「對不起，昨天我實在是太生氣，就那樣轉身走人……也沒看看妳的傷口嚴不嚴重。」

「就是小擦傷而已，過幾天就好了。」

趙莎莎看著那個泰迪熊圖案的OK繃，柔軟可愛，和蔚以珊有點像，她得好好收著作紀念才行。

「下次我不想站在原地等妳。」蔚以珊依然笑著，眼神堅定，「我會站在妳身旁保護妳，我沒有妳想像的那樣弱小喔！」

她吐出團團霧氣，有些模糊了雙眼——是這冬季太寒冷，還是她的體內太燥熱呢？

那句話彷彿一句咒語，直直地往心底去，蔚以珊一次又一次地開口承諾，「下次我一定會保護妳的。」

春回大地、萬物復蘇。

模擬考在學生們的一片哀號中落幕了，接下來是眾所期待的畢業旅行。

蔚以珊有些暈車，在顛簸的公路上昏昏沉沉地睡著。她先前還笑著說昨晚因爲太期待一直睡不著，翻來覆去結果就天亮了。

大家都已經唱KTV唱到累了，只剩阿豪一個人還意猶未盡，一首接著一首熱唱，也不知道遊覽車行駛了多久，車子終於停靠在海岸邊。

「哇！海，是海耶！」剛剛還在呼呼大睡的蔚以珊突然醒了過來。

「妳好一點了嗎？」

「活過來了！」

阿豪脫了上衣、鞋子就要往海裡奔，像匹脫韁野馬，隨後又被沙子燙得哇哇大叫。尤欣笑著嘆氣，在後頭撿起他亂丟的上衣。

海風徐徐，空氣中都是鹹鹹的味道。晴空萬里的好天氣，陽光太過炙熱，把海水照得閃閃發光，甚至亮得讓人有點睜不開眼。

身穿白色連身裙的蔚以珊蹲在大岩石上，她把手中的麵包撕成無數塊丟了出去，海鷗不斷圍繞在她身邊飛舞。

「感覺牠們都聽妳的，妳要變成這裡的老大了。」

「才不是，牠們只聽食物的話。」蔚以珊晃了晃早餐沒吃完的白吐司，暈車暈得難受，她完全沒有胃口。

抬頭看著成群的海鷗振翅高飛，趙莎莎心想，在這麼一片藍空下自由翱翔、無拘無束，心情肯定很好。

她將牛仔褲的褲管捲高，海水輕輕拍打著她的腳丫子，一堆細砂黏附在她的拖鞋上，又癢又刺。

好久沒來這了，她想起房間桌上那張照片，爸媽一人一手牽著她，那時她還是個小鬼頭，身高連爸爸的腰都不到，那天同樣陽光燦爛，天空萬里無雲。

她看見有人玩香蕉船，吵著說她也要玩，媽媽笑著說她還太小，等她再大一點，全家人再一起來玩，她依依不捨地說：「好，約好了喔！」

他們怕她被海水沖走，緊緊牽著她不放。說起來，她當時還撿了幾個貝殼回家，最後放去哪裡了呢？

「我們再往海裡走一點吧。」蔚以珊牽起趙莎莎的手。

「好，要踩穩喔。」如同爸媽緊牽著她，趙莎莎也緊緊回握蔚以珊，有些礁石長了青苔，她深怕女孩一個沒踩穩就滑倒了。

海水淹至她們的膝蓋，浪潮一波又一波地打在身上，冰涼降溫，海水嚐起來又鹹又澀，她問蔚以珊，「妳怕嗎？」

「不是有妳在嗎？」蔚以珊笑得天真無邪，髮絲和眼瞳都染上陽光的顏色。

遠方的阿豪找了一群人打沙灘排球，喧鬧無比，他整個背部都被曬得紅彤彤。尤欣躺在躺椅上，躲在陽傘下避暑，在一旁看得很開心。

班裡的一群女生在岸邊戲水，猜拳輸的就要被潑水，還有一群男生說要排隊去玩香蕉船，紛紛穿上救生衣，另一些人則在岸邊堆沙堡拍照紀念……

「妳記得我們去年去看《海角七號》嗎？裡面有一句台詞我好喜歡。」蔚以珊直視趙莎莎，「留下來，或者我跟妳走。」

「當然記得，我也很喜歡這句台詞。」

「莎莎，我的父母離婚了，這應該是我小學時的事吧。他們都很忙，天天都要出差，在他們心中，事業永遠都擺第一，大概是因為這樣才離婚的吧？我現在是和媽媽住，和爸爸久久才見一次面。我怎麼想都覺得我不能離家太遠，我媽媽雖然在事業上是女強人，但其實也不過是個在感情裡受傷的女人而已。如果我去了別的城市，一定就會和爸爸漸行漸遠了……雖然現在見面也很尷尬就是了。」蔚以珊緩緩地說：「因為我無法跟妳走，所以妳留下來吧，不要去到我遙不可及的城市。」

蔚以珊眼中閃爍著不安，趙莎莎笑著摸了她蓬鬆的短髮，「放心，我哪都不去。」

蔚以珊在大街上買了一堆紀念品，星砂、帆船吊飾、貝殼……美食小吃也買了不少，烤串、香腸、炸花枝統統都買了一份。她說，難得來一趟就不該留下遺憾。

各式各樣的攤販讓他們看得入迷，阿豪和一群男生擠眉弄眼說：「那邊有間酒吧，網上很有名，裡面聽說很刺激，要不要去看看？」

結果他被尤欣一把拉走，「未成年的小朋友還是早點回去睡覺吧。」

那畫面逗得大家哈哈大笑。

這邊充滿了熱情與活力，宛如一座不夜城。

蔚以珊看著那些花俏的沙灘褲和遮陽帽，問趙莎莎要不要一起買？統統被拒絕了，最後她們停在一個賣飾品的小攤子前。

「妳這次一定要跟我一起買。」

「這麼女孩子氣的東西才不適合我。」趙莎莎用氣音說。

蔚以珊置若罔聞，還是叫她挑一個飾品。檯面上的髮夾各個顏色鮮豔可愛，有卡通圖案，也有小花、蝴蝶結的款式，迎面而來滿滿的少女氣息。她看來看去，最後挑了個素面的、小小的純白髮夾，上頭綴著一小朵純白花朵，看起來乾淨簡單。

蔚以珊笑著和老闆說要兩個，包一起就好，她喜孜孜地說：「說好了，我們要一起戴喔！」

「我才不要。」趙莎莎面有難色。

她會選這個只是因爲很像蔚以珊，在五顏六色、爭奇鬥豔的花朵中，唯獨這朵開得純白無瑕的小花特別顯眼。

「喂！」阿豪在飯店門口叫住了趙莎莎。

「幹麼？」

「接著！」阿豪丟過來一個東西，有些彆扭地說：「給妳的。」

趙莎莎準確接住，攤開手心一看，是一個小吊飾，透明瓶中裝著粉色星砂，木塞上頭刻著一個「莎」字。她先前逛街時有看到，據說對著它許願就能成眞，但一瓶只能許一個願望。

趙莎莎方才還開玩笑地和蔚以珊說：「笨蛋才會買這種騙小孩的東西。」

「好醜。」她斬釘截鐵地說，這人的審美觀眞是……

「少、少囉唆！」阿豪紅著臉說：「我要上樓睡覺了。」

「喂。」她叫住他。

她看了眼手上大包小包的蔚以珊，又重新看向阿豪，「你知道我一直把你當成重要的朋友吧？說起來，你還是我在班上交的第一個朋友呢。」

「叮」的一聲，電梯門開了，阿豪沒有走進去，他只是伸了個懶腰，如釋重負般地說：「哇，我明明什麼都還沒說。」

「誰叫我就是這樣的傢伙。」

「哈！這確實是妳的作風沒錯，我覺得挺痛快的。」

「謝謝。許願瓶我保證我一輩子不丟，老了還可以傳承給下一代。」她晃了晃手上那只透明罐，裡頭的星砂沙沙作響，「願望也會好好思考，絕對不會許什麼再給我三個願望之類的爛願望。」

「中樂透之類的妳也別許啊！」

「為什麼？中了的話我可以分你喔？作為感謝你送我這個許願瓶的回禮，七三分你覺得如何？」

「妳這瘋子，我到底為什麼會喜歡妳？」

「對啊，眼光真差。」

阿豪哈哈大笑，他們的關係還是一如往昔，並沒有因此變質。

他朝趙莎莎揮手，「明天見啦！不要喝酒喝過頭，明天起不來喔。」

「你才不要看色情頻道被老師抓包。」

「幹！」

回房間後，趙莎莎窩在小陽台抽菸，一根又一根，蔚以珊肯定無法理解此刻她內心的焦慮。

蔚以珊在房裡向她搭話，「真好呢，妳和阿豪並不會因此有所芥蒂，也不會因此疏遠，大家都還是好好的。」

「或許該歸功於他那粗神經和樂天派的個性？」

「不過真沒想到妳會這麼乾脆地把話說明白。」

「覺得我很狠心嗎？」

「不是的，那也是妳溫柔的一面喔。」

趙莎莎笑著吐出一口菸，「少幫我說好聽話了。」

「比起懷揣著無法實現的期待，不如乾脆痛快地斬斷一切念想——這可不是誰都能做到的溫柔，至少我就不行。」

「……這樣啊。」

她很清楚，如果她哪天不小心說出了自己眞正的想法，一定只會帶給蔚以珊困擾。就像她現在只能抽菸解愁，而不敢喝酒，因爲她一點都不想發生酒後吐眞言之類的事。

蔚以珊太溫柔了啊，就連拒絕別人也是小心翼翼地注意用字遣詞，深怕傷害到對方，像個傻子一樣。

如果蔚以珊以後都得小心翼翼地和她相處，她寧願把這份萌芽的情感扼殺在心中。

趙莎莎想到了下午蔚以珊在海邊說的那句話。

「因爲我無法跟妳走，所以妳留下來吧。」

即使不說，她也會那樣做。她早已決定要跟著蔚以珊走，無論是天涯海角，一起去那個有她容身之處的未來，而不是依戀地留在原地。

但是蔚以珊不是這樣，女孩有無法捨棄的東西，有一些比「趙莎莎」還重要的東西存在心中。不像她，可以統統捨棄掉。

她們的感情從一開始就不是對等的，而這樣的不平等在未來某一天一定會爆發吧。因爲她其實是比想像中還貪心的人。

蔚以珊早已縮在雙人床上睡著了，安靜得像白瓷娃娃。她捻熄了菸頭，關掉電視與燈光，躺在女孩身邊，空氣中瀰漫著淡淡的小蒼蘭香氣，蓋住鋪天蓋地的菸味。

清冷的月光輕輕透過窗紗照進來，灑在女孩精緻的面容上。她伸手輕輕撫過蔚以珊長長的眼睫毛，接著她又輕輕撥了女孩額前鬆軟的髮絲。

梳妝台前放著她們買的成對髮夾，月光下，那朵白色小花顯得特別晶瑩剔透。

她俯身，在蔚以珊額前落下蜻蜓點水般的一吻。

以今晚爲界，一切都會結束。從此以後，她只是蔚以珊的「好朋友」，再也不會越線。

趙莎莎覺得自己一直都是很殘忍的人，可以對別人殘忍，更可以對自己殘忍。

她喃喃自語著，「在我變得更貪心以前，扼殺掉一切情感吧。」

我的女孩，願妳餘生只有幸福快樂。她無聲地在心中許下願望。

五、出葉

自蔚以珊有記憶以來，爸爸媽媽總是很忙，更多時候是外婆照顧她。她喜歡外婆總在睡前唱一曲民謠給她聽，外婆的歌聲總能讓她安心入睡。

後來外婆過世了，當時才七歲的她沒能理解死亡是什麼，以爲外婆正熟睡著，叫也叫不醒，肯定是在做美夢吧！她自以爲體貼地不吵醒外婆，隨便咬了幾口麵包當晚餐，輕手輕腳地跑回房睡了。

這件事成了她不小的陰影，之後看見熟睡的爸媽都以爲他們死了，非得搖醒他們確認才甘願。

十二歲那年，爸爸拖著大大的行李箱走了。

清晨時分，蔚以珊揉著惺忪睡眼，邊打呵欠邊問：「爸爸，你這次出差幾天才回來？」

爸爸蹲下來，摸摸她睡亂的頭髮，「這次要去很久很久喔，所以妳要乖乖聽媽媽的話，好不好？」

「好！珊珊是乖孩子！」

「對，珊珊是最乖的孩子。」爸爸親暱地吻了她的臉頰。她就那樣目送爸爸離開這個家，還傻傻地揮手說再見。

這兩件事擺在一起眞矛盾，明明她是最乖的孩子，爲什麼爸爸卻不要她了呢？蔚以珊小小的腦袋怎樣都想不出答案。

媽媽後來告訴她，人擁有自由意志，同時，人性也是自私的。

媽媽和爸爸在事業上都有一番成就，外婆死後，他們爲了誰要辭掉工作照顧她而吵過幾次。好不容易都爬上高位了，他們哪能說放手就放手？最後還是爸爸擔心她一個人在家會出什麼事，主動降職空出時間照顧她。

那時的她好開心！一放學爸爸就在校門口等她，晚上親自下廚煮她愛吃的東西，睡前也陪她畫畫、玩遊戲，假日還會帶她出去玩。

爸爸終於不用四處奔波，爸爸終於屬於她了。小小年紀的她只覺得開心，靠在他耳邊說：「希望爸爸一輩子都這樣在家陪我。」

當時爸爸說了什麼？好像沒說話，只是神色有些怪異。

蔚以珊記得最清楚的是某次去動物園玩，回家後她意猶未盡吵著還想再去，爸爸拗不過她，只好隔天再帶她去一次。她看著那些懶洋洋的馬，童言童語地說：「爸爸！牠們好可憐呀！本來應該在大草原上奔跑的，卻被關在這邊。」

爸爸愣怔地說：「對啊，關久了就會忘記要怎麼奔跑……像我一樣。」

年幼的蔚以珊沒想太多，現在想起來，那句話就像根刺一樣牢牢釘在她心上隱隱作痛。原來她自以爲是的幸福卻是爸爸不幸的源頭嗎？

人們不都說孩子對父母而言是最好的禮物嗎？看來不是的，至少她不是，對父母而言她大概是一個沉重的包袱。

「不是我的錯、不是我的錯……」她躲進棉被裡，一遍又一遍地告訴自己。

那年也是蔚以珊第一次度過沒有爸爸的生日。

媽媽買了個蛋糕，她閉上眼許願：希望爸爸回家，回到我們身邊。

「呼」的一聲，她吹熄了蠟燭。

媽媽沒有急著打開電燈，反而一把抱住她，「珊珊，媽媽知道妳剛剛許了什麼願，可是那不會成眞，爸爸不會回來的，對不起啊珊珊，媽媽對不起妳……」

生日不就是要開開心心的嗎？爲什麼要告訴她這些呢？哪怕只有今天，就不能讓她做夢嗎？

「是我做錯什麼了嗎？」蔚以珊愣怔地開口。

「不是！珊珊什麼都沒做錯，爸爸他只是想要爲自己而活，人生只有一次，爸爸他有太多太多想做的事情。所以啊，珊珊，妳也要爲自己而活，成爲一個自私的人。」媽媽一把捧起她的臉，擦去未乾的淚痕。

這句話宛如咒語，深深刻在蔚以珊的腦袋裡。

了。

那天她把草莓蛋糕吃光，用力地吞下肚，她發誓，她再也不要成爲困住其他人的柵欄

「聽說她的父母離婚是因爲母親太強勢了……你問我怎麼會知道？我媽媽是她媽媽底下的員工，聽說她媽媽就是個虎姑婆！也是，如果老婆天天像吃炸藥一樣我也不想回家……不過她爸爸也挺有名的，在公司裡也是個人物，會不會是有了漂亮的小三啊？」

升上國中蔚以珊才發現，學校竟成了這種空穴來風的場所，那些如滾雪球般越滾越大的謠言，她全都不理會。

反正在背後嚼舌根的人也不是什麼好人，隨他們去吧，虛假的話講多了也不會變成眞的，她知道事實就夠了。

經過那群在走廊上竊竊私語的女同學時，蔚以珊堆起如沐春風的笑容，「早安。」

她心裡想的是，統統下地獄吧。

要假裝不在意，其實一點都不簡單。

那些眼神、話語，還有每個笑容都在蔚以珊的腦海裡扭曲變形，她們肯定又在說自己的壞話了，瞧她們笑得多開心，一定在講她的事，一定是。爲什麼大家總要這樣針對她？

她眞想走到那群女同學面前吼「給我閉嘴」，但她做不到，好可怕啊，只要一走到她們面前，她的雙腳就不自主發抖，她又生氣又憎恨自己的軟弱無能。

她又一次在廁所隔間內乾嘔了，折騰了半小時依舊沒吐出東西。

回家後媽媽問她在學校有交到朋友嗎？她望著媽媽眼角的皺紋，想著不能再讓她更擔心了，便笑著說：「有啊，有一群女孩，我們天天在走廊聊天，聊班上同學、聊各自的偶像、聊未來夢想，一點點小事也可以笑得很開心……」

媽媽笑著說：「荳蔻年華的少女就是這樣，我那時候還很迷小虎隊呢！」

桌上的美味飯菜突然變得索然無味，她甚至有些反胃，只好藉口說今天太累了，逃難似地躲回房間。房門關上的那瞬間，她全身脫力般地癱在地上。

她眞希望這個世界隔天就突然毀滅。

蔚以珊漸漸變得無法與人產生正常聯繫，她覺得人類好可怕，那些表面正常對待妳的人，暗地裡卻把妳批評得一文不值。所有笑著朝她伸出手的，她都懷疑對方是不是不懷好意？是不是在等待機會好好嘲笑她一番？

夠了！她眞的受夠了！

只有這個小小的房間才能讓她安身立命，這裡是她的堡壘，只要一直待在裡頭，就沒有人能傷害到她。她眞的不想再受傷了，也不想要再有人走進後卻又轉身離開。

她很膽小也很怕疼。

蔚以珊拉開了窗簾一小角，外頭的燦爛陽光就那樣沿著縫隙爬了進來，溫暖灼熱，甚至溫暖到令她想哭。

她想著：爸爸，這下我們就扯平了，小時候我成為你的柵欄，這次換你成為我的柵欄，讓我再也不能奔跑。

為了維持基本的學校生活，蔚以珊學會了戴上面具。

至少要笑、要迎合大家，她才不會成為一個格格不入的怪胎。她時常違心地笑著，越來越得心應手，笑得天眞爛漫、純潔無知，像朵開在陽光下的小白花。

班裡有幾個男孩向她告白，都被她鄭重地拒絕了——僅是看見她裝出來的虛偽表象，在一起之後肯定會對她失望透頂吧？

她總是小心翼翼地拒絕別人的好意，因為她比誰都清楚，被人拒絕的滋味有多難受。

隔年生日的前一晚，媽媽打了通電話給爸爸，壓低聲音道：「妳要不要回家看看女兒？她很期盼你的到來……她畢竟是你的親生骨肉啊！」

電話那頭的人沉默了幾秒後，說自己工作忙、去不了。

這段對話全被原本想下樓喝水的蔚以珊聽得一清二楚，然而她隔天還是像個傻子一樣許願能見到爸爸，一口氣吹熄了蠟燭。

如果裝傻能讓她活得比較輕鬆的話，她願意裝一輩子。

如果戴上面具生活能讓她被人喜愛，她也可以戴一輩子。

只要承諾不會離開她，要她一輩子扮演這個開朗天眞的蔚以珊，她也甘願。她的心早已千瘡百孔，無法再承受其他別離。

如果可以，在知道眞相後也不要責罵她好嗎？
再自私一點、再自私一點，她早已決定要爲自己而活。

班上坐在最後一排的女生趙莎莎，身邊總是圍繞很多人，也常常和朋友笑鬧著，但她的眼神總是很寂寞，明明嘴上笑著，眼裡卻在哭。
於是蔚以珊心想，那個女生大概也戴著面具生活。
她從不對旁人感興趣，然而她莫名地想和那女生搭話，也許這次自己眞的找到同伴了。她想問她：嘿，妳也很累嗎？要怎麼做才能像妳這樣走入人群？我覺得好難啊，教教我吧。
蔚以珊第一次見到趙莎莎是在新生訓練那天，其實大家只是去點個名、聽台上的師長們致詞後就散場了，她連班上同學長什麼樣都還沒記住。
新生們魚貫從校門口走出，擁擠的人潮逼得她靠邊站，她感覺自己快要喘不過氣來。
此時，她看見有個約幼稚園年紀的小女孩，手上的紅氣球沒抓緊，向上飛卡在了樹枝上。小女孩的眼眶一下子就紅了，年邁的奶奶想替孫女拿回心愛的氣球，努力弓起早已變形的背，伸長了手卻還是搆不著繩子。

肯定會有其他人去幫忙的，輪不到自己出頭，她只要在一旁安靜待著就好……

蔚以珊左顧右盼，發現大家都急忙趕著回家，或是戴上耳機低頭滑手機，沒人看見奶奶畏畏縮縮伸出的手。或許有人看見了，只是配上奶奶咿咿啞啞的聲音，只覺得對方是個怪人而紛紛避開。

她發現奶奶似乎不能說話，努力想用肢體溝通，尋求幫助。

見沒人伸出援手，奶奶死心了，輕輕拉了小女孩的手，似乎在告訴她：走吧，不要氣球了。

小女孩的眼角都紅了，卻忍著沒哭出聲。

蔚以珊太懂那種隱忍的悲傷是什麼滋味了——未來某一天，小女孩一定會想起今天，想到自己望著那個再也無法擁有的人事物，想到夜不能眠。

那種遺憾，大姊姊一個人承擔就夠了，她在心中默默說道。

蔚以珊大步走向前，踮起腳尖去搆那根細繩，然而她太矮了，跳起來抓也抓不到。

小女孩殷切地盯著她看，奶奶的動作似乎是說：沒關係，拿不到就算了，謝謝妳啊。

奶奶拉著小女孩的手就要走。

不行，她連忙拉住奶奶，想著怎麼可以這麼輕易放棄！

她再度左顧右盼，想找個比她高的人幫忙，可是主動搭話好可怕啊，對方肯定會覺得她很奇怪。但是如果她現在轉身離開，小女孩就會跟自己一樣體驗那種無奈。

她心急如焚地朝著遠方揮手，卻因爲太過害怕而閉上雙眼，拜託、拜託有誰能停下來看她一眼……

「怎麼了？」

蔚以珊睜開眼，看見那名開口的女生有著高眺的身子、一頭烏黑的長髮、漂亮的眼瞳，還有小麥色的肌膚，身上有著濃濃的菸草味。

她心想，這女生長得眞漂亮，不化妝太可惜了。

女生抬頭看著卡在樹枝上的氣球，微微踮腳就輕易拿下來了，她蹲下來遞給小女孩，

「這次要握緊喔！」

小女孩笑得很開心，幾顆乳牙都露了出來，奶奶客氣地一直向她們點頭道謝，然後牽起小女的手回家。

那女生看著這幅天倫之樂的畫面，嘴角彎了彎，眼底卻毫無笑意，那裡頭空蕩蕩的。

大家都說眼睛是靈魂之窗，言語可以編織謊言，唯有眼神，怎樣也騙不了人。

她們互相點個頭就此別過，但蔚以珊卻忍不住一直回頭看她高眺的背影，走在暖春陽光之下，那女生的背影是如此寂寞。

然後她們在新班級重逢了。

不對，只有她單方面認出趙莎莎。她有時候眞好奇，那雙烏黑的眼瞳到底看見了怎樣的世界呢？爲什麼趙莎莎明明在笑，卻感覺一點也不開心？明明不是會打架惹事的類型，

卻總是處在混亂之中……

所以那天在便利商店看見趙莎莎時，她差一點就忍不住搭話了。

沒想到趙莎莎反而先開口了：「我在這邊打工一段時間了，怎麼都沒見過妳？」

「啊，我平常不太出門的……今天是因為家人出差了，家裡沒人做飯，我才出來買。」穿著家居服，頭髮肯定亂糟糟的，蔚以珊有些侷促地捏著衣角。

「一直待在家不無聊嗎？」

「有時候會……不過我也不知道該去哪，我的世界就這麼小。」

趙莎莎一邊替她結帳，一邊提議，「那妳有空就過來吧，這邊有免費冷氣還有網路，肯定比家裡透氣。」

「我會妨礙到妳工作……」

「說實話，這邊除了吃飯時間都挺清閒的，而且啊——」趙莎莎對著她笑，「我一個人上班也挺無聊，妳來陪陪我吧。」

蔚以珊低下頭來，這是第一次，有人對她說「過來吧」。

也許對方只是隨口說說，那天在路邊看見自己鼓起勇氣揮舞的雙手大概也只是巧合，可是這些微不足道的小事，對蔚以珊而言卻彌足珍貴。

嘴角忍不住上揚，眼眶卻有些發熱，她覺得丟臉，只能低著頭說：「好。」

那不是蔚以珊熟悉的世界——抽菸、喝酒、逃課、飆車、去網咖，一切都很陌生，一切都是世俗眼中的「惡」。然而她並沒有想像中排斥，也許是因爲拉她進入這個世界的那雙手太溫柔了，讓她不想掙脫。

有次阿豪把一罐啤酒放到她面前，說喝了肯定會上癮，鼓勵她試一次，說得口沫橫飛，卻被莎莎一把推走，「妳別聽他胡說，別喝。」

喝了的話，她就能更融入大家了嗎？大家會更喜歡她嗎？她邊想，邊喝了一小口，入口瞬間她只感受到滿滿的苦味，一點都不覺得好喝。

「我就說別喝了，妳不會喜歡的。」看見蔚以珊皺眉，趙莎莎笑著拿走她手中的啤酒罐，然後抬手灌了一大口，旁邊的阿豪吵著說留給他一口。

地上統統都是喝完的啤酒罐，她看著眼前的景象，覺得自己眞是格格不入的存在。

趙莎莎用力揉著蔚以珊的頭髮，像是在摸小狗小貓一樣。她抬眼，看見趙莎莎露出寵溺的笑容，「等等一起吃晚餐嗎？」

似乎是發現了她內心轉瞬而逝的不安。

她可是很自私的喔，所以稍微有些壞心眼的想法也無所謂吧？

若是趙莎莎只屬於她，而不是屬於大家，那她此刻就不會感覺格格不入又寂寞了吧？

她堆起燦爛的笑容，「嗯！我想吃滷味！」

如果趙莎莎知道她是這麼自私的人，肯定會對她失望透頂。因爲走進趙莎莎眼裡的，一定是那個開朗天眞的蔚以珊，不是這個黑暗不堪的自己。

有次體育課結束，尤欣和蔚以珊都在洗手台洗手。其實她不擅長和尤欣相處，總覺得那雙眼能把任何事都看透，所以她在尤欣面前特別不自在。

尤欣慢條斯理地擦乾手，「爲什麼要這樣生活？」

「……什麼？」

「戴上乖寶寶面具生活，裝成開朗天眞的孩子。」尤欣一把扔掉衛生紙，「妳應該知道我在說什麼。」

蔚以珊用力一遍又一遍地沖洗著手，手指被搓得紅彤彤的。

「妳打算說出去嗎？」她能想像之後會像國中那樣，謠言越滾越大。

「不，我沒那種惡劣的興趣，我只是好奇妳這樣不累嗎？」

蔚以珊沒回話，只是低頭看著水龍頭嘩啦啦地流出水來。

累有什麼關係呢？她早已習慣如此生活，爲了討人喜愛、爲了不再受傷，事到如今眞實和虛假越來越難分清了。到底怎樣才是眞實的她、怎樣才是裝出來的她，一點都不重要。

「我只是想提醒妳，她本來是自由的，是妳困住她了。」

手指被她胡亂摳出傷口，幾縷血絲混著水一同流走。

趙莎莎束著馬尾，在跑道上熱身，伴隨著哨音，她一個箭步衝了出去，速度快到有種能夠飛翔的錯覺。

「不是的，尤欣。」蔚以珊用力扭緊水龍頭。

她發誓過，這輩子再也不要成爲困住任何人的柵欄……可是如果出現萬分之一機率的意外呢？

「如果我是柵欄的話，那麼莎莎是自己推門走進來的喲。」她笑著甩乾雙手，「她放棄了自由、放棄奔跑，就算被困住也甘之如飴——明明是她先走進來的，爲什麼卻要我先放手呢？」

尤欣不置可否，看向在跑道上奔馳的趙莎莎，「妳們開心就好，我是爲妳們著想才說的。也許未來有一天，妳們會對年少時期的選擇感到後悔。」

「那還眞是個悲傷的未來。」

趙莎莎肯定會後悔遇見了她，但是她不會放手的，至少現在不會。就請暫時留在她身邊吧，不要讓她孤獨一人……

爲此，她願意背負罪孽，成爲困住趙莎莎的柵欄。

直到蔚以珊十六歲生日，她才終於見到了心心念念的爸爸。奇怪的是她的心情沒有想像中激動，反而還有點悶悶的。

或許是因爲坐在對面的那個男人看起來容光煥發，在沒有她的日子裡，對方過得比想像中幸福，這份事實讓她忍不住想逃走。

爸爸替她切好了牛排，「吃吧！現在這個熟度最好吃了！」

「謝謝。」

「小時候妳很愛吃牛肉呢，明明只是個小鬼頭，牙齒也咬不動，卻總愛學我吃牛肉……」

蔚以珊邊嚼著牛排邊想：只是因爲你喜歡，你喜歡的東西我也想嘗試看看。

「還有一次去動物園玩，回家後妳吵著還要去，我們就連續去了兩天，妳還記得嗎？」

記得喔，在那之後她就再也沒去過，實在太觸景傷情了。

「珊珊？妳有在聽嗎？」

她抬頭看著爸爸，覺得熟悉卻又陌生，不由得開口問：「爸爸，你爲什麼來見我呢？」

爸爸呆了一會，揚起笑容，「因爲我很想珊珊才來的啊！」

眼神是騙不了人的，她看見爸爸眼中轉瞬而逝的驚慌，知道爸爸肯定是出於愧疚或是責任感，才提出要見面的。但事到如今說什麼愧疚呢？她低頭，看見爸爸無名指上的那枚戒指——和媽媽並不是一對的。

原來是這樣啊，這樣就說得通了。他對即將到來的幸福惴惴不安，才想著要彌補曾造成的傷害嗎？她沒有拆穿爸爸的謊言，只是叉起牛肉塊，大口大口地吞下肚，似乎有什麼東西也跟著消逝殆盡了。

然後她揚起天眞燦爛的笑容，「嗯！我也很想爸爸！」

「哈哈！瞧妳這笑容，珊珊眞是一點都沒變。」大概是想到以前的回憶，爸爸眞誠地笑了，「明年我也會幫妳過生日，想要什麼禮物就跟爸爸說。」

蔚以珊明白了，只要自己還是他記憶中那個開朗天眞、不諳世事的小女孩，她就能繼續被爸爸愛著。

蔚以珊忍不住想：別急著成爲別人的爸爸，在我還沒放手之前，你都是「我的」爸爸，是我的。

她的世界已經夠小了，不要再有人離開了。

但那天她拉住趙莎莎的書包，要她別走，對方一如既往地溫柔笑著，卻轉身追上尤欣——她當下覺得自己又被拋棄了。

明明情況很危險，明明就不是個喜歡暴力的人，爲什麼趙莎莎總要把自己置於危險之中呢？眞是個笨蛋，非得把自己弄受傷嗎？難道一點都不害怕嗎？如果是她的話肯定不會管，會直接一走了之。

趙莎莎選擇了他們而不是她，一定是因爲自己不夠特別吧，在趙莎莎的心中，她和尤欣、阿豪……那群朋友們都一樣。趙莎莎對誰都一樣好，即使自己要她別走，她還是會轉身離開。

看著那個背影，蔚以珊意識到趙莎莎不可能一輩子都在自己身邊，她就像一陣風，總是從指縫中溜走。

畢旅的那個月夜，蔚以珊恍惚間醒來過一次。

她感覺到趙莎莎輕手輕腳地關了電視、熄燈，再緩緩地躺回床上。她覺得太過疲倦便沒有睜眼，手腳也懶得動，只是聞著熟悉的菸味，感覺能繼續安心入睡時，趙莎莎在她額間留下一個蜻蜓點水般的吻。

那是一個愼重又莊嚴的吻。

她沒有驚慌或是反感，反而因爲內心的猜想終於得以印證，有些激動。

她想著：我終於找到了喲，能緊緊留住妳的方法。

趙莎莎搬出家裡的那天，蔚以珊一個人去見了趙莎莎的大姑。

那個蒼老的女人坐在板凳上，蜷起身子坐在陽台吹風，風有些大，她隨手拿了件披肩披在女人身上，「會感冒的。」

「妳怎麼來了？要找莎莎的話，她今天離開這個家了。」

她看著那個東西本就少得可憐的房間，現在眞正變得空無一物了。女人的語氣輕鬆得像是在詢問吃飯了沒，雙眼卻不敢直視那個空蕩蕩的房間。

「我知道，我晚一點會去找她。」

「那妳爲什麼來？」

「我是來跟您說抱歉的。」

「妳做了什麼需要抱歉的事？」女人輕笑。

「是我把她從妳身邊奪走了，是我扳開了妳的手，將她拉到自己身邊。」

她站在女人身後，看著同一片風景，以後這片景色更迭，將只有女人一人知曉。

女人順了順凌亂的髮絲說：「不是喔，莎莎是她自己的，她不是任何人的，她會自己決定要走去哪。」

「那您呢？您就不孤單嗎？」

「在莎莎來之前，我早已孤單了很久，我怕什麼呢？」女人笑著點起一根菸，「這短暫的幾年或許是我的美夢，卻是她的噩夢。人生還眞是諷刺啊。」

好羨慕啊，她做不到這樣瀟灑地放手，她大概比想像中還不能忍受孤單吧。

陽台上煙霧繚繞，蔚以珊被熏得有點想流淚，卻沒有退後，她伸手把女人的披肩裹得更緊一些。

「這樣看來，我們是共犯呢，同樣奪去了她的自由。」未來某一天，她也會成爲趙莎莎的噩夢之一吧。她自顧自地笑了，「好奇怪，明明是兩人一起承擔，罪惡感卻沒有因此減少呢。」

她想到了初來趙莎莎家裡做鬼屋布置的那天，她們一樣站在小陽台上，女人一樣點了菸。

「那孩子找到了她的救贖。是妳。」

騙人，不可能。就算是黑暗中的光，那也是她裝出來的，是虛假的，眞實的她根本一點光芒都發不出來。

「其實莎莎才是我的救贖喔。」她忽然想向女人坦承，「我也是一個人走了很久很久，直到她朝我伸出手。所以無法放手的人，其實是我。」

女人笑著呑雲吐霧，「可是啊，是妳讓她眼裡有了一點生氣，一定是因爲妳們相遇了——稍微對自己感到驕傲點如何？」

驕傲嗎？那實在太難了。蔚以珊無聲地在心中反駁。

下午她去幫趙莎莎整理行李，看著空曠的陽台，外頭花窗子拖出一抹斜陽，她說：「我們來養花吧。」

傍晚她拉著趙莎莎去附近的花店，她在心裡下定決心要買一盆花當作趙莎莎的搬家禮物。她發現趙莎莎盯著門口一盆貧瘠的盆栽，那上頭的照片是某種白色的花卉。

一旁澆水的奶奶熱心地說：「這盆是風信子，還沒長大，不同顏色有不同的花語含意，白色的是指『暗戀、不敢表露的愛』。」

在門口停下腳步的她聽得一清二楚。

趙莎莎說：「就這個吧。」

她走近，笑著問：「要取什麼名字才好呢？」

「妳取吧，妳最擅長這種事了。」

「那就叫山山吧！你好！要快快長大開花喔！」

趙莎莎搬出來後，她三天兩頭就跑過去，有時還乾脆留下過夜。

趙莎莎說：「妳夠了，再這樣下去我要收妳房租了。」

當然只是說說而已，她樂呵呵地拉著趙莎莎買一堆東西，藍芽音響、烤麵包機……總算讓對方把生活過得有味道一些。

她在趙莎莎房間裡貼滿了拍立得，「未來我們要拍更多才行，得創造更多的回憶，直到把房裡的白牆全貼滿！」

「明明就上不同大學，怎麼感覺還是和高中一樣常常見面？」

「妳有意見嗎？」

「沒有，我不敢。」趙莎莎笑著把剛炒好的菜端上桌。

「空心菜！我最愛吃了。」

「還不是妳常常掛在嘴邊說想吃我才買的，妳最好全吃完。」

「剛剛應該順便買布丁回來當甜點的，我又忘記了。」

「不然我們猜拳，輸的等等下樓去超商買，妳可不准又賴皮……」

她們就讀的兩所大學離得近，即使處在不同環境，她們彷彿也不曾分開。其實一開始蔚以珊有感覺到，趙莎莎開始有意無意地避開她，似乎是下定決心要斬斷那份情感。

不要。她好不容易找到了能永遠待在一起的方法，她不要就這樣斬斷。

於是，每當趙莎莎退一步，她就前進一步，黏人又窮追不捨，這樣距離就永遠不可能被縮短。

她真是個糟糕透頂的人，她利用了那份情感，所以別說笑了，她是絕對不可能對這樣的自己感到驕傲的。

✱

某天，班上女生笑盈盈地跟她說週末聯誼約到了附近大學的廣告系，說她那麼可愛一定要來，人數已經有算她一個……她思考著，那不就是趙莎莎就讀的系所嗎？

「啊，公關好像有說過，但我不想去。」趙莎莎在電話那端說。

蔚以珊本想拒絕的，可是不去的話就顯得不合群吧？她不想要讓自己格格不入，在大學裡孤單一人。如果僅是裝作開心地吃個晚餐，她還是辦得到吧？所以她硬著頭皮答應了。

「我會去。」

「啊？爲什麼要勉強自己做不喜歡的事……」

「因爲我不是妳啊。」她的聲音有些顫抖，「我不像妳，身邊總是圍繞著很多人。」

倉皇地掛掉電話後，沒多久趙莎莎又打來，她沒有接。

週末的烤肉店被他們包場了，大家抽籤後按照號碼坐，她在喧鬧的人群中一眼就看見趙莎莎了。趙莎莎隨意地套著一件白T恤配牛仔褲，對方也一眼就看見她了。

她們視線交會，趙莎莎用口型說：別怕。

爲什麼僅僅是一句無聲的話語，便讓她如此安心呢？

與蔚以珊同桌的是三個廣告系的男生和班裡兩個女生，但她好像沒跟她們講過話。

坐她正對面的棕髮男生自來熟地搭話，「教育系的女生就是不一樣……該怎麼說呢？很乖巧、很有氣質，反正就是和我們這種三流大學出身的人感覺不一樣……」

「哈，這傢伙很不會看場合說話，不好意思啊！」一個微胖男生幫忙打圓場。

「女士優先，那幾塊肉可以先吃了。」另一個雀斑男生說。

她尷尬地說謝謝，夾了一塊肉卻覺得味如嚼蠟，她偷偷抬眼瞄了一下時鐘，忍不住在心中抱怨，怎麼只過了十分鐘？再看向趙莎莎那一桌，她自然地幫大家烤肉，氣氛和諧融洽。

她只是也想成爲那樣耀眼的人而已。

「我、我是蔚以珊。」想著反正他們都是趙莎莎的同學，她鼓起勇氣開口。

「哈哈！別緊張，再多說一點妳自己的事。」棕髮男生開口引導，「妳的興趣是？未來想做的事？」

「興、興趣應該是打掃……未來想當小學老師……」她磕磕絆絆地開口，頭腦有些發昏。

「打掃嗎？我還是第一次聽到有人的興趣是打掃，這不是很棒嗎？眞是賢妻良母——」

「笨蛋！不會說話就別說！」微胖男生打了他一下。

「所以妳現在有男朋友嗎？」雀斑男生繼續說：「這麼可愛的女生肯定有吧？」

「沒有。」她尷尬笑著。

「咦？不要說謊喔？」

「就是啊，該不會是瞞著男朋友來聯誼的吧？」

「她都說沒有了，就眞的沒有吧？別這樣懷疑別人嘛。」坐在一旁的紫髮女生替她解圍。

她捏著裙角，盯著烤盤上的肉片滋滋作響，深呼吸後，嘴角掛上燦爛笑容，「真的沒有啦。」

好討厭，她好想逃離這裡。

桌上的啤酒蔚以珊一口都沒碰，其他人倒是喝得挺歡快，酒杯空了就再叫，她真的不懂爲什麼人們會喜歡那個苦味？

眾人有些醉意時，男生們提議玩眞心話大冒險，女生們也附議，大家合力清出一塊桌面用來旋轉空酒瓶，在旋轉的過程中，她覺得自己的倒影被扯得七零八落。

酒瓶停在棕髮男生面前，他哀號著說他選大冒險，在眾人的起鬨聲中，他在走道上跳了一小段舞。別桌的人也圍了過來，拿起手機喀嚓喀嚓地拍著。

他邊跳邊喊：「太丟臉了，你們別放到網路上啊！」

氣氛正好，他們再次轉動酒瓶。

當酒瓶緩緩地停在蔚以珊面前時，她感覺指尖都涼了。

「眞心話還是大冒險？」大家迫不及待地問。

不要破壞這種快樂的氛圍喔蔚以珊，這時候只要跟著笑、只要像個傻子一樣笑就好了。她在心中對自己喊話。

「眞心話。」

「好可惜啊，怎麼不選大冒險？」

「沒辦法，我不擅長跳舞嘛。」她笑得慧黠可愛，「沒有你跳得好。」

「好吧！那我想一下要問什麼……」棕髮男生有點臉紅，「如果這邊只能選一個男生一起出去玩，妳會選誰？」

他的同學在一旁虧他，「你是不是看上人家了？大家都知道你想聽到什麼答案，不如直接玩大冒險親一下算了……」

好吵，好可怕，大家的目光都落在她身上了。

只要選他就好了吧？大家都是這樣期待的，只要照著大家的期望走，就能速速結束這場鬧劇了吧？她伸出冰冷的指尖——卻轉瞬間被一個溫暖的掌心握住。

「想知道答案的話，先喝贏我再說吧。」

「啊？趙莎莎妳來湊什麼熱鬧？」

「誰叫我是這孩子的朋友，請多指教。好了，你先喝還是我先？」

眾人沒有對突然被中斷的眞心話感到生氣，反而很興奮地說：「拚酒嘍！拚起來！」

「阿柳！上啊！別輸給一個女孩子了。」

「莎莎妳怎麼又亂來了，什麼時候過來的？」趙莎莎的大學同學們紛紛圍過來，一臉又來了的表情。

「贏了的話，或許就能要到莎莎可愛的朋友的電話嘍。」其他人在一旁鼓勵著那個叫阿柳的棕髮男生。

「抱歉啊，我身邊圍繞著的人，品行好像都不怎麼樣。」趙莎莎笑著說。

周遭依舊吵雜喧鬧，蔚以珊的指尖卻漸漸回溫，在人海中，她只聞得到那清冷的菸草味。

「那我先嘍。」趙莎莎拿起她桌上沒碰過的酒杯，把啤酒喝個精光。

對方也不甘示弱地直接叫了一打酒，「我可是朋友口中的酒王喔，趙莎莎，妳挑錯對手了！」

「我從沒遇過能喝贏我的男生喔。」

「再來一杯！」

「再來一杯！」

烤肉店早已過了營業時間，老闆倒是沒急著趕人，反而跟著湊熱鬧說：「年輕真好，還要幾杯都不是問題！」

桌面放滿空酒杯，坐她旁邊的紫髮女生說：「夠了吧！真的喝太多了，等等誰把他們扛回去？」

對面的男生齊聲說：「有什麼關係？我們都不敢和阿柳這樣尬酒，會喝到出事的，今天不分個輸贏說不過去，何況這多有趣啊？」

「就是啊，我們沒人能喝贏阿柳呢！」

「說什麼呢！趙莎莎這個女漢子肯定能喝贏的啦！」

蔚以珊從沒看過趙莎莎一次喝這麼多酒，就算是和阿豪他們玩瘋了也沒有過。她看見趙莎莎拿起酒杯的手已經有些不穩，有次還差點摔破酒杯，剛想出聲阻止，「結束……」

「好了！結束嘍！我以學長的身分命令你們這群孩子回去睡覺。」

一個高䠷挺拔的員工笑著拿走兩人手上的酒杯，「再不回去，你們可憐的學長就無法下班了。」

「學長？」

「我是教育系三年級的李廉，木子李，清廉的廉。」他笑道：「我們那時候聯誼也沒這麼瘋。」

「啊！我想說怎麼這麼眼熟！原來是學長。」

「抱歉啊學長！我們沒注意到時間……」

在聽到「結束」兩個字時，趙莎莎幾乎整個人癱在蔚以珊身上，嘴裡還喃喃自語：「再來一杯……我還可以再來一杯……」

「放心，結束了。」她輕輕握住趙莎莎太過用力握著酒杯而發紅的手指。

李廉推了推眼鏡，「我還是第一次看見這麼能喝的女客人呢，我扶她到門口，順便幫妳們叫計程車吧？」

「謝謝，麻煩學長了。」

夜晚起風了，趙莎莎踉蹌地走著，還好有李廉扶著才不至於慘摔。她打了個噴嚏，縮了一下身子，李廉便把外套脫下披在趙莎莎身上，「別感冒了啊。」

「我還能喝……」

「別喝了，我們店要被妳喝垮了。」李廉轉頭對著她笑：「妳朋友好偉大啊，居然為了妳喝成這樣。」

蔚以珊沒回話，只是看著幾乎醉得不省人事的趙莎莎，眼眶有些發熱——為什麼總要這樣義無反顧地來到軟弱的她身邊呢？一點都不值得！

計程車停在他們面前，司機似乎和這間店的人認識，李廉打過招呼後便幫忙將趙莎莎扶進車裡，還先付了一筆車資。「這位司機我們店的人都認識，不用擔心。」

「你不用……」她有些侷促。

「別客氣了，妳們兩個女孩子早點回家吧。」

「謝謝學長，外套我之後再拿去還你！」她想外套上頭一定沾滿了酒臭味，得清洗後才能還給對方。

夜色已深，她看著車外的燈光和空無一人的街道，感覺今天精疲力盡。

趙莎莎口齒不清地開口：「那個叫阿柳的，我有喝贏他嗎？有嗎？他要是敢打妳的主意……」

蔚以珊笑著彈了一下趙莎莎的額頭，「回家吧，妳這醉鬼，回我們的家。」

最後那件外套被蔚以珊洗得滿是小蒼蘭香味，還用熨斗燙得平整服貼。

李廉是她其中一堂選修課的助教，下課後等同學都走得差不多了，他在講台前拔除投影機的電源線時，她走過去，「學長，這是昨天的外套。」

「啊，學妹……說起來，我還不知道妳叫什麼名字呢？」

「我是蔚以珊。」

「怎麼這麼客氣，直接還給我就行了，居然還洗得乾乾淨淨，謝啦！」

「沒事的！我更感謝你！」

李廉噗哧一聲笑了，「妳的個性是不是不喜歡欠別人？一旦欠人就要趕快還，是這樣對吧？」

「我……不太清楚。」她想一想，又回答：「不是的，我已經欠了別人很多，多到我還不清的地步了。」

「是指昨天的朋友嗎？」

「是的。」

「可是在我眼中看來，她並沒有想要妳的回報喔？」李廉笑著推了推眼鏡，「所以妳沒必要對此產生罪惡感，就試著放心接受別人的好意如何？這樣對施予好意的人而言是種尊重喔！」

是因爲李廉有研究心理學的關係嗎？蔚以珊總覺得那雙溫柔的眼睛彷彿能看清她所有想法。

「沒必要感到罪惡嗎？」

「對——說起來，妳朋友還好嗎？」

「今天她傳訊息來說頭太痛了，直接翹課一整天了。」

「哈！喝那麼多眞的是不要命了，我在店裡見過形形色色的客人，就沒見過那麼倔強不服輸的女生，一定是因爲妳在她心中很重要吧。」

她抿唇笑了，「好像是這樣。」

「妳們還眞有趣。」李廉也笑了，然後問她，「我會當這堂課的助教，其實是因爲我對教育心理學的理論應用很感興趣，最近正好在做報告研究，如果妳感興趣的話，要不要當我的小助手？」

頓了頓，接著他又說：「不勉強喔！畢竟大一誰想埋在報告裡，只是如果妳剛好也感興趣的話……」

「好。」她輕輕鬆開捏著裙角的手，「我想試試。」

眞的很神奇，對蔚以珊而言能這樣平凡自若地和陌生人對話，簡直就是奇蹟。

一定是因爲李廉太溫柔了。

昨天坐她旁邊的紫髮女生，雙眼發光地說：「李廉學長爽朗又幽默，成績總是名列前茅，還是系上籃球隊的隊員，更重要的是對任何人都很溫柔。學長姊們都很喜歡他，現在一年級的肯定也都知道他的魅力了，競爭者也太多了吧？」

她想到李廉昨天幫她們叫計程車還付了車資——那份對誰都好的溫柔，跟趙莎莎還眞是一個樣子。

是因爲這份熟悉感，所以她才能泰然自若地與他交談嗎？

不管了，先走出舒適圈試試看吧！蔚以珊自我鼓勵。

「太好了！那每週一這個時間約在自習室見面討論好嗎？」

「嗯！」

紫髮女生叫維妮，說自己曾有一個朋友喝多了酒精中毒送急診，所以很擔心趙莎莎的狀況。

天底下就是有這麼多善良的人。她忍不住想。

蔚以珊笑著感謝對方的關心，還互留了聯絡方式，之後上課維妮還會幫她占位，偶爾也一起吃飯。雖然現在關係還有些尷尬，但她覺得自己的世界正在慢慢變好。

維妮知道她每週一都去幫李廉做研究報告，直喊：「好羨慕！天底下有多少學妹喜歡他，妳知道嗎？被知道的話，妳就是全民公敵了！所以呢？你們進展如何？接吻了嗎？」

她紅著臉說：「才不是妳想的那樣，不過就是修同一門課的助教和學生，別誤會了……」

她也不曉得，自己這句「別誤會」是說給誰聽。

有次蔚以珊在自習室默默整理李廉的問卷調查結果，一抬眼就看見他趴在書本上睡著了，溫煦的陽光輕輕映在他的側臉。窗簾是米白色的，有些透光，她看見他的眼皮跳了幾下，便伸出手替他遮掩刺眼的陽光，他又安心地繼續睡了。

她怕眼鏡框會在他臉上壓出印子，於是輕手輕腳地把眼鏡抽出來，看了一會，覺得李廉戴著眼鏡看起來聰明老實，不戴的時候像個陽光大男孩，都挺好看。

她翻了一下李廉的課本，發現內容艱深，筆記也寫得整整齊齊，可以感受到他的認眞及熱情。不過每翻幾頁就會看見原子筆畫的插圖，像是小朋友畫火柴人，還把課本裡的人像畫成怪物。

蔚以珊用力忍住笑聲，避免吵醒李廉，原來看似完美的他也有這麼孩子氣的一面。

自習室的門口有個白板，使用時間原本寫兩小時，她擦掉筆跡，改成三小時——她可能比想像中還喜歡這個寧靜的週一午後時光。

趙莎莎打了一把鑰匙給蔚以珊，說即使自己不在家，她也可以想來就來，不然每次總見她一個人在門口等。

這是一份代表「信任」的禮物，蔚以珊滿臉開心地收下。

「那天我還想說如果眞的沒鑰匙的話就要把妳扔門口了，我已經沒力氣再拉著妳去別的地方。」

「太壞心眼了吧？」

「還不是妳信誓旦旦地說鑰匙放在皮包，結果最後是在妳的褲子口袋找到的！」

「抱歉，不要相信一個喝醉的人說的話嘛。」

「那就不要喝這麼醉啊。」

「我還不是因爲……」趙莎莎頓了一下，沒往下說，「妳說得對，下次我不會喝這麼醉了。」

那個停頓讓蔚以珊的心倏地被掐緊一下，她別過頭裝作不在意，笑嘻嘻地問對方晚餐要吃什麼。

她眞的如媽媽所說成了一個只爲自己而活的人，就像爸爸當初那樣。但就像爸爸傷害了她，她也同樣在傷害別人，這樣的惡性循環是不會結束的。

她越長大，就越成爲一個泯滅良知的壞人。

「我們哪天再去看海吧！就我們兩個。」蔚以珊開口。

「南城嗎？好遠啊。」

「也不一定要去那麼遙遠的南方，北海岸也不錯。」

「那我去考個汽車駕照如何？」

她看著趙莎莎，想到了空曠房裡那張在海邊的家庭合照，「如果妳想學開車的話，我會陪著妳的。」

趙莎莎笑著吐出一圈煙，「真的考到駕照的話，我們就能上山下海了，想去哪就去哪。」

「好期待啊！」她從小去過的地方不多，因爲爸媽總是輪流出差，她不是在家裡，就是在安親班，視野所及的景色永遠都單調如一。

聞言，趙莎莎笑了，「我努力看看。」

花窗子外的風信子開花了，花瓣雪白動人，這是蔚以珊第一次見它綻放。

＊

大學一年級的尾聲。

李廉收拾好桌面雜亂的文件，「今天也辛苦妳了。」

蔚以珊笑著說自己一點都不累。

「從一開始跌跌撞撞，到現在總算有點樣子了呢？這都要感謝有妳在旁邊幫我。」他伸著懶腰說。

她感覺臉頰有點燒紅，「就只剩個案研究，學長有想好觀察對象嗎？」

「目前還不是很確定，但大致上有想法了。」

「是什……」

「之後再告訴妳，現在是祕密。」他笑著揉揉她髮頂，「感謝妳一直幫我，我也沒什麼能回報的，至少讓我請妳一次晚餐吧？」

「好，吃什麼都行。」她害羞地笑了。

那是一間精緻的義大利餐廳，裡頭的桌椅全都鋪上漂亮的餐巾，水晶燈一閃一閃的，外頭還有服務員帶位。

蔚以珊有些侷促地說：「早知道我就回家換衣服了……」

她穿著一件素T和黑色緊身褲，來這種場合太彆扭了。

李廉哈哈大笑說：「別管其他人，我們吃自己的就好。要放暑假了呢，會有很長一段時間見不到妳了。」

「你……要回老家嗎？」

「對啊，我老家在北山上，總得回家看看我父母，不然耳朵都快被他們唸爛了。那裡雖然風景好，但交通超級不方便。」

「好酷啊，我還沒去過北山呢！」

他邊攪動麵條邊開口：「下次找個時間來玩吧！肯定不會後悔的，大家不都說大自然特別能療癒身心嗎？」

蔚以珊紅著臉答應了，心想，就算他只是說說也無所謂。

「蔚以珊，妳知道佛洛伊德的人格發展理論嗎？」

「你是說『本我、自我、超我』嗎？」

「對，我常常覺得妳的『本我』和『超我』不停在打架，『自我』快要失去平衡了，妳小小的腦袋怎麼承受得住呢？啊，如果我這麼說冒犯到妳了請告訴我。」

「我不介意……」

「就好像嬰兒餓了就放聲大哭，這是『本我』，人與生俱來的本能；然後『超我』是社會道德規範形成的，說簡單一點就是妳的良心，會限制妳什麼能做、什麼不能做——妳的超我總在壓制本我的衝動。再來是『自我』，在兩者之間調節，但如果一直在衝突與拉扯之中，自我總有一天會被扯成碎片。」

「我不是很懂學長你在說什麼。」

「沒必要感到罪惡，想要什麼就抓住不放，這就是人的本能啊，又不是殺人放火，妳怎麼就把自己活得像個罪犯呢？」

「我怎麼可以心安理得的……」

「想被愛錯了嗎？這世上每個人都想要被愛。」李廉笑著，說出惡魔般誘惑的話語，「活得更自私一點吧。」

不要，不要再讓她變成十惡不赦的罪人了。

「我那個朋友只知道一味地對別人好，我就是利用了那份好意緊緊黏在她身邊，明明什麼回報也給不起。再這樣下去，我一定會徹底討厭自己的。」蔚以珊緊緊捏著衣角，指甲泛白。

「如果我說，我能連那個妳厭惡的自己也一起喜歡呢？」

前方一定就是地獄吧。她想著。

「從現在起妳只要為自己而活就好，什麼道德規範統統別管了，因為不管妳是怎樣的蔚以珊，我都會喜歡。儘管自私地活著就好。」

他就是那滿口甜言蜜語的撒旦，誘惑她走向深淵。

李廉朝她伸出手，「蔚以珊，我們交往吧。」

總有一天，她一定會摔得粉身碎骨，但請暫時讓她握住這隻溫暖的大手，請原諒她的逃避與懦弱。

「我只是想被愛，只是不想再失去任何人……」她喃喃地說著。

也許她是做了錯誤的選擇，可應該罪不致死吧？畢竟在這瘋狂的世界裡，誰還能清白如一張白紙地活著？

不想思考，不要清醒，乾脆就讓她從此沉淪下去。

「如果妳堅持妳有錯的話，那我就是共犯了呢！我們一輩子都會被緊緊綁在一起。」

「……不、不是共犯。學長你剛剛說了對吧？」蔚以珊笑得慧黠可愛，「我們不過是為自己而活。」

這樣又談何罪孽？她說服自己。

「謝謝你說喜歡這樣不堪的我……等我畢業，我們就結婚好不好？一起去北山看日升日落。」她握住他的手，決定再也不會放開了。

趙莎莎比蔚以珊想像中還平靜地接受了她和李廉交往的事。

她像是等待審判的罪犯，忐忑不安地閉上眼，但趙莎莎只是揉亂她的髮絲，說了一句「挺好的」。

她的眼眶發熱，不知道是因爲被菸草味熏得難受，還是懸著的心終於放下的緣故，或是那偶爾竄出頭的罪惡感？

他們三人常常見面，有時在她的學校、有時在趙莎莎的學校、有時在趙莎莎的家裡、有時一起出去玩。

現在一定是她人生中最快樂最幸福的時光，她最愛的兩個人都待在她身旁。就像是漂泊很久的心終於有了歸宿，她終於確定自己是被愛著的，再也不用對這個世界感到恐懼。

大二那年蔚以珊決定了未來出路，她想要成爲一個小學教師，不只教他們基本知識，她還想教他們什麼是愛。如果能在小小年紀就知曉愛爲何物，往後的日子也許就不會迷惘。

她正一步一步朝著未來目標走，雖然有累的時候，但覺得生活特別充實。

她漸漸變得喜歡自己一點了。

如果可以，她希望時間能永遠停留在此刻就好。

＊

冬至那天他們全窩在趙莎莎家裡煮湯圓，不只有維妮、李廉，連阿豪和尤欣他們也來了，將近十個人擠在狹小的套房裡，熱熱鬧鬧的。

外頭天寒地凍，蔚以珊的鼻頭都紅了，李廉笑著說她這樣好像麋鹿，可愛極了。

維妮在一旁害羞，阿豪氣得要他們別放閃虐單身狗！其他人起鬨要他們親一下……尤欣和趙莎莎陸續端出一鍋又一鍋湯圓，鹹的甜的都有，吃得眾人都暖起來了。

幾罐啤酒下肚，大家提議來玩眞心話大冒險，這曾是蔚以珊害怕的遊戲，但此時她也躍躍欲試，一定是因爲現在在場的人使她無比安心的關係吧。

空酒瓶指向她，她笑著選大冒險。

阿豪說：「那你們親一下吧！」

眾人又拍起手鼓吹，「親一下！親一下！」

她肯定整個臉都燒紅了，他們目前爲止不過就是牽手加擁抱，從沒有親吻過。不敢抬頭看李廉此刻的表情，她紅著臉說：「我還是改選眞心……」

話還沒說完，李廉扳過她的臉，飛快地在她唇上啄了一口。

那是一個淺嘗輒止的吻，還帶著甜甜的豆沙味。

在眾人的尖叫和起鬨聲中，蔚以珊只聽見自己失控的心跳，還沒反應過來，眼淚就已經撲簌簌地掉下來。李廉慌張地跟她道歉，她只是邊哭邊搖頭，像個傻子一樣地笑著說：「現在的我太幸福了……」

幸福到即使死去也無憾。她在心中補充。

喧鬧的小餐桌上，蔚以珊抬眼看向趙莎莎，趙莎莎只是一如既往地對她微笑，用口型說著：別哭啊，笨蛋。

她和尤欣在廚房洗碗時，尤欣開口：「談戀愛放閃也要拉上趙莎莎，妳還真殘忍。」

「是啊。」

「看妳的表情，是已經下定決心要這樣做了對吧？」

她猶豫了一會，搓著手指，這次沒有胡亂摳出傷口，只是神色自若地打開水龍頭沖掉泡沫，「人是有自由意志的喔，我照我所想的將她綁在我身邊，她也只是照她所想的待在我身邊罷了。她要是真的想逃，即使撞破柵欄也會逃走，所以我並不是一個壞人。」

尤欣笑了，「妳變了，變得能言善道了。」

不，她只是決定往後要隨心所欲地活。

正月，北風凜冽地吹。

李廉的父母南下避冬去了，蔚以珊嚷著好想去北山看雪，這輩子都還沒看過雪景呢！禁不起她鬧騰，李廉笑著答應了。

車裡開了暖氣讓她昏昏欲睡，山路顛簸，她得找點事做才不那麼難受。車窗起霧後她便用食指在窗上畫了一顆愛心，可愛極了。

也不知道自己是什麼時候睡過去的，醒來時就已經到了李廉的老家。一座木製的老建築，在山中顯得特別氣派，斜斜的屋瓦下還結了小小冰柱，周遭是一片銀白世界，地上鋪了層厚厚的雪，她冷得腦袋都醒了。

積雪使她步履維艱，李廉笑著朝她伸出手，「別摔倒嘍。」

蔚以珊沒有一絲猶豫就握住那隻手，接收到掌心的熱度，她低著頭笑得很開心。

「想到什麼笑得這麼開心？」

「才不告訴你。」

四周很安靜，靜得彷彿能聽見雪落下的聲音。

房裡沒什麼生活氣息，李廉說：「我爸媽在山中太無聊，一無聊就只能打掃環境，所以家裡總是整整齊齊的，甚至一塵不染。」

「才不無聊呢，外面的世界太吵了，我很喜歡這裡，以後我們就住在這好不好？」她縮進毯子裡，聲音疲倦。

李廉沒回答，只是調高暖氣，叫她睏了就先睡。

隔天蔚以珊是被搖醒的，李廉說再過一會就日出了，那風景值得一看。

睜著惺忪睡眼，李廉推開玻璃窗，將她圈在懷中。

冷風灌進屋內，她往李廉懷裡縮了縮，毛玻璃蒙上一層水氣，外面的景色朦朧夢幻。旭日冉冉升起，金黃的瀑布灑了一地，把滿地的雪照得閃閃發亮，一切寧靜又神聖，天際漸漸亮了起來。

「好想哭啊。」

「爲什麼？」

「因爲太美了。」

「妳還眞是愛哭鬼呢！」

她像個小孩子一樣興奮無比地跑出去說要堆雪人，李廉在後頭嚷著要她戴手套，不然手會凍傷。他們合力堆起那些潔白的雪，比想像中還費力，最後甚至有些腰痠背痛。

身體暖了，他們口中不斷吐出白煙，她說這樣看起來好像在抽菸，然後就想起了趙莎莎。

「要是莎莎也能來就好了，這裡太美了，她會喜歡的！」

「好可惜啊，她說她有事對吧？」

蔚以珊想起了趙莎莎笑著拒絕邀約，不去想她的有事是真是假，只是拍了那個可愛小巧的雪人傳給趙莎莎看，跟她說：「我想妳了。」

李廉開火煮了些家常菜，配上他父母放在冰箱裡醃製的小菜，兩人簡單地吃了一餐，「這邊沒什麼好料，山中只有一些野菜，別見笑啊。」

她倒是吃得很香，直誇那些小菜很好吃，都可以出去開店賣了。

「這話我媽聽了一定會得意忘形的。」

李廉家後方有菜園，蔚以珊雖怕蟲，卻鼓起勇氣幫忙，同時還覺得自己像個小媳婦一樣，她暗自竊喜著。冬日裡瓜棚上都掛了小燈，李廉說這是給它們取暖用的，她聽了呵呵直笑，說難怪他家的瓜都那麼甜。

放眼望去淨是一片純白景象，遠方人家升起了裊裊炊煙，在雪地中特別明顯，原來在一片純白之中的烏黑是那樣扎眼。

山中的日子過得很慢，時間流淌的速度與她認知的不同。白日短暫、黑夜漫長。

「妳要是無聊了，我們就下山去市內玩。」

「市內有什麼好玩的？」

「我想想啊，有麥當勞、夜市、漫畫店、電影院……」他笑著滾到蔚以珊身旁，「還有賓館。」

她趕緊摀住李廉的嘴巴，「我覺得這邊就挺好，一點都不無聊。」

「眞不去市內玩啊？」

「不去。」

「我們的春節都浪費在這鳥地方了。」

「我很樂意喔。」

她喜歡這個只有他們兩人的世界，安靜、遠離喧囂，眼裡僅有彼此，再也感受不到孤獨。

就算是日復一日地下雪，每日的景象還是不太相同。

樹枝上的雪融了、後院土裡冒新芽了、白晝的時間更長了……觀察到這些她會興奮地跟趙莎莎分享，趙莎莎只是回覆她能發現這些肯定是很無聊。

才不無聊，怎麼大家都這樣說。蔚以珊忍不住想。

她看向斜斜躺在房裡打電動的李廉。對了，今天早上他又問她要不要出去玩，或是要不要回家看看她媽媽？

不去思考他提出的原因，她又窩進毯子裡閉上眼睛，很快就睡著了。

再次睜眼時，家裡已經空無一人，李廉的車也不在位置上。

蔚以珊第一次覺得這偌大的房子安靜得有點可怕。

直到日落李廉才風塵僕僕地歸來，身上有股淡淡菸味，卻噴了香水遮掩，他提著兩袋麥當勞進門，「今天不用吃野菜啦！」

李廉明明不抽菸的啊，雖然查覺到了異常，她還是擠出微笑接過紙袋，「太棒了！」好奇怪，明明這裡就只有他們，爲什麼她還是會感覺到寂寞呢？

隔天，趙莎莎問她在幹麼呢？

「在聽下雪的聲音！」

「下雪哪有聲音？」

「有啦，妳得仔細去聽。」

「妳形容看看。」

她想了一下，回道：「那是萬物死亡的聲音。」

又過了一會，她才收到回覆。

「下山吧，我們一起去南城玩，去溫暖的地方好不好？就我們兩個人。」

蔚以珊沒有急著回覆訊息，她關上手機，回想起高中畢旅她們一起去看的那片蔚藍大海，陽光燙得她眼皮直跳。

她拿起昨夜李廉掛在門把上的外套，湊近鼻子一聞，雖然很淡，但她知道這是屬於趙莎莎的菸味，這味道曾陪她走個五年多的歲月，她不會認錯。

猶豫了一會，她還是將外套扔進洗衣機裡洗了，洗衣粉比平常多加了幾匙。

窗外大雪紛飛，她想，那是死亡的聲音沒錯，一切都會在雪中消逝殆盡。

李廉載她去看自己以前讀的小學、中學，一樣在北山上。他說天氣好的時候，就能看到雲霧繚繞，陽光從雲層間灑落地面，冬天雪下得太大就會停課，避免學生上課途中出意外。

他的小學和中學的畢業紀念冊中幾乎是同一批人，畢竟山上的人家就那幾戶，大家都挺熟稔，她指著畢業紀念冊上李廉身邊的一個雀斑男孩問：「看小學時每張照片你們都站一起，一定是很好的朋友吧？」

「嗯，是從小就一起長大的玩伴。」

「可是國中就沒看到他了，是轉學了嗎？」

李廉的眼神稍有閃躲，但旋即開口：「對啊，轉去很遠很遠的地方了。」

「眞可惜，你一定很想他。」

「是啊，尤其是下雪的時候。」

李廉坐在電腦桌前敲打著鍵盤寫論文，蔚以珊則縮在被子裡挑之後實習的小學，忽地想起什麼，開口問：「你說，我來這邊的小學實習好不好？」

「啊?那妳要住哪？」

「我不行住在這裡嗎？」

「也不是不行……但之後我爸媽就回來了，我也不一定會住在這裡，妳一個人在這不方便吧？」

「我……還行，我比較怕他們會覺得不方便。」

「多一個人陪他們，肯定是滿開心的吧？不過……以珊啊，不能找別的嗎？妳看這裡多冷啊，衣服曬了幾天都晾不乾；下山買東西也不方便，妳又沒車要怎麼去實習啊？還有這裡實在太無聊、太安靜……」

看著李廉有些困擾的神情，她吞下原本已到嘴邊的話語，改口說：「我就是開開玩笑、隨便說說的啦！」

「眞是的，別嚇我啊！」

「你的論文呢？說起來還沒聽你提起過個案研究的事。」她湊近他的電腦旁看。

「啊，別擔心，進度還行。」他笑著一把關上電腦，「今天午餐想吃什麼？香菇和山菜，終極二選一！」

蔚以珊撲進他懷中呵呵直笑，心裡卻想著，從什麼時候開始，他就不再提起有關他個案研究的事情了？每次她問起都是含糊帶過，不過他曾說這會是了不起的研究……希望不要是什麼劍走偏鋒的危險研究，有關人性的暗示心理學什麼的，感覺就令人不安。

「以珊妳看，我們在問對方『你最近生活是否感到不開心』以及『你最近生活是否感到開心』這兩個問題乍看之下並無不同，但前者回答『不開心』的比例會更多。因爲我們在問對方『是否不開心』時，就會引導對方想到最近不開心的事情，當下占據腦海的全是不好的事。妳懂嗎？我們能巧妙地引導他們思考的方向，這就是暗示心理學。

「妳不覺得這應用在教育上很有幫助嗎？看看新聞那個跳樓自殺的資優生，他說自己並不想背負大家的期待。如果我們能對他下心理暗示，讓他接受並承擔自己的天資聰穎，或許他未來就會成爲了不起的發明天才……還有那些中輟生，如果也能接受心理暗示，誠心悔改自己的所作所爲，或許都有大好未來在等著他們，家庭也不會因此蒙上黑暗。這會是何等的貢獻？以珊，我們在做的就是這樣厲害的研究！同爲教育系的妳，一定能明白這些研究的價值……」

那時李廉很興奮地握著她的手，因此她也只顧著跟他一起笑。

現在想來，明明自己是近在他身邊的小助手，她卻漸漸不知道他下一步想做什麼。

她會如此深愛著他，也是因爲不知不覺被下了暗示嗎？在這麼想的同時，她賞了自己一巴掌，右臉頰火辣辣地疼。

她愛他，如他所說會連同她唾棄的自己也愛一樣，她也會愛他所有黑暗不堪的一面。

蔚以珊在心中無聲地說著：我愛他，我愛他，不容置疑。

那是平凡至極的一天，兩人一樣無所事事，外頭一樣白雪皚皚，他們一樣吃了簡單的一餐。

蔚以珊洗完最後一個碗放回架上，李廉站在後頭對她說：「以珊，我們分手吧。」

她連隻字片語都發不出聲來。

四周很安靜，她又聽見了雪落下的聲音。

抹乾手上多餘的水分，她開口：「我去菜園看看燈有沒有開。」

「以珊，我說，我們分手吧。」

「肯定有開吧？昨晚我就把電源打開了。」

「我們分手吧！」他朝著她的背影大吼。

她停下腳步，沒有轉過頭，看著後院緩緩飄落的白雪，如常運作的小燈泡亮得晃眼——究竟是哪裡出了差錯呢？

地板很冰，冰得她難受。她想到了十二歲那年，爸爸逆光而行的背影、行李箱輪子滾動的聲音，而後他「砰」的一聲關上了大門。

「別開這種玩笑。」

「抱歉，我是認眞的，我……我累了。」

如果她現在轉頭的話，一定就會看見與記憶相同轉身離開的背影。

不要，不要丟下她一個人離開。

「我又一次成爲別人的負擔了嗎？」她對著外頭的風雪開口。

「等等把行李整理一下吧，我們明天就離開這裡。」李廉轉身回房了。

蔚以珊站了一會，站到腳都麻了，才緩緩脫下圍裙、披上掛在玄關的大衣，穿好靴子，輕聲關上門走了。

一片銀白世界裡印上一排蔚以珊的腳印，她的步伐小小的，踩得很淺，先前的腳印不一會就被新落下的雪花覆蓋住了。

憑藉記憶沿著來時的路走，走到陡坡時，鞋底抓地力不夠，她就扶著一旁的山壁，步履維艱地走。

不曉得走了多久，她走到腿腳都無力、身體內部彷彿也結冰了，身後忽然有輛貨車開了頭燈，駕駛拉下窗朝她喊：「小姐，妳不是本地人吧？妳現在要走下山估計得走到半夜了，我載妳一程吧！」

蔚以珊乖順地坐上車子，老夫婦看她一個女孩子步履蹣跚地走在這種天氣裡，擔心地詢問發生什麼事了？

她摳著手指，笑說和男友吵架了，自己是賭氣跑出來的，結果一不小心就走太遠了，想說順便下山消消氣。

「哪對夫妻還沒吵過架？妳消氣完趕緊回去，妳男友可能正擔心地四處找妳呢！」

「床頭吵床尾合，別擔心太多，感情不就是這樣？」

「妳趕緊發個訊息啊！別鬧脾氣，還好我們遇到妳了，這大雪會把人給凍死的，妳這個傻女孩怎麼也不害怕？」

害怕嗎？這世上還有什麼比變成孤身一人更可怕的事？

在搖晃的車身中，蔚以珊從口袋掏出手機，猶豫了一下，最後還是沒有開機。

李廉會擔心地四處找她嗎？會緊張又絕望地在大雪中呼喊她的名字嗎？會為她掉眼淚嗎？

明天過後，他們就此分道揚鑣了嗎？

腦中思緒萬千，她想：那好，再多擔心我一點吧。

她將手機塞回口袋裡，貨車終於停在山腳下。天已經黑了，向老夫婦道別後，蔚以珊坐上開往市內的公車，在趙莎莎的租房附近下車，這裡的路她很熟悉。

經過一間夜店，她徑直走了進去，裡頭的音樂大聲到使她頭疼，像拿著棒槌一下一下敲打著她的腦袋，裡頭那片人海有太多陌生人的味道、體溫，讓她手腳發麻。擠過擁擠的人潮，她坐到吧檯前問：「有溫的酒嗎？」

「有的。」

「那就麻煩您了。」

旁邊立刻有個男人纏了上來，「眞可愛的女孩，妳是大學生嗎？」

「對。」

「妳頭髮、衣服怎麼濕了……外頭有下雨嗎？」

「應該是雪融了，我剛剛從北山下來……那邊下雪了，很美。」

「原來是下凡的雪精靈啊。」男人色瞇瞇地盯著她大衣裡頭微濕的白襯衫，「要不要哥哥帶妳去換個衣服？妳這樣會感冒的。」

「不用了，我只是來喝酒的，山上太冷了。」她將雙手放在溫酒不斷蒸騰的霧氣上取暖，感覺指尖漸漸回溫。

男人不死心地纏上她雪白的手，「妳的手實在太冰了，要不要我告訴妳快速讓身體回溫的方式？」

她反胃地抽回手，連忙灌了一大口酒。好可怕、好噁心，爲什麼班上同學都喜歡來這種地方？烈酒衝擊的味道讓她嗆了幾下，喉頭發熱，喝了一口就不想再喝。

男人似是發現她不會喝酒，笑著叫了一杯調飲請她。她不好意思拒絕，硬著頭皮喝了一口，卻發現是溫醇好喝的，有果汁的味道，沒有酒味，於是她又喝了一大口。

蔚以珊覺得身體整個都暖了，男人還在死纏爛打，她決定付錢走人。因爲走得太匆忙沒帶錢包，只能用行動支付，在開機那瞬間，她看見滿滿的未接來電都是來自李廉和趙莎莎，忽然有點想哭，原來自己還是有被他們擔心。

蔚以珊原本想站起身，卻踉蹌了一大步，男人扶住她身子，「喝多了？」她腦袋發暈，感覺使不上力，難道剛剛那個不是果汁嗎？她推開男人想走，卻發現推也推不開，男人笑嘻嘻地說要扶她去休息，把她帶往店裡的深處。

「放開我……」她急得眼眶都紅了。

「哥哥會教妳很多事，乖孩子要好好學起來。」男人的手不安分地在她身上游移。

「是啊，她要學的事情還很多。」

男人忽然痛苦地哀號，「我的手要斷了！」

蔚以珊回頭看見趙莎莎將男人方才放在她腰上的手反折，並對他說：「例如，對付你這種人從一開始就要乾脆利落地拒絕，不要客氣，必要時可以動用武力。」

這話明明是對著男人講，趙莎莎的眼睛卻直勾勾盯著她看。

男人嚇得逃之夭夭，沒有警衛來阻攔趙莎莎剛剛的暴行，她走到吧檯前把那杯烈酒一飲而盡，將蔚以珊一把拉出夜店。

她們一前一後沉默地走著，蔚以珊看著眼前的她，在這寒流來的夜裡僅穿著單薄長袖T恤、寬鬆黑褲、藍白拖鞋，一頭亂髮，看起來就像是慌亂跑出家門一樣。趙莎莎點起菸，她看見她的指尖早已凍得通紅，打火機點了好幾次才成功點著。

她想握住那雙冰冷的手使之回溫，在快觸碰到的瞬間，驀然想起自己的手也同樣冰冷，於是又收回了。

眞可笑啊，她連一點溫暖都無法給予。

她們走到趙莎莎家樓下，一旁的路燈故障了，忽明忽滅。

「要是剛剛我沒去的話妳要怎麼辦？」趙莎莎啞著嗓子。

直到現在蔚以珊的指尖都還在微顫，然而她佯裝不在意地回應，「應該會和那男人上床吧。」

趙莎莎沉默了一下再度開口：「那傢伙打電話跟我說妳不見了，錢包行李都沒帶就那樣在雪中消失了，手機也關機，剛剛是因爲妳開機才能瞬間定位到妳的位置。妳不知道我有多害怕妳出事嗎？妳爲什麼要這麼亂來——」

「他很擔心我嗎？」蔚以珊捏著裙襬著急地問：「他有很擔心我嗎？」

趙莎莎停下腳步，吐出一圈煙，「妳明白妳到底在做什麼嗎？」

她不奢求太多，只要李廉有一點點擔心她就好了，就能夠讓她知足。

「明白又怎樣？不明白又怎樣？」她眼中的淚水滑落，「人還是活得瘋癲一點比較好，最好像傻子一樣無知地活著，那樣肯定會更快樂。」

趙莎莎拭去她的淚水，「妳要爲了那傢伙把自己弄成這樣嗎？值得嗎？」

「我愛他啊，莎莎，就算他說不愛我了那又怎樣？我依然很愛他，我絕對不會放手的，絕對不會……」她一抽一噎地哭著，像個哭求大人別離開的小孩。

「笨蛋！妳聽我說！他眞不是什麼好人，他——」

她摀住耳朵大喊：「我不聽！」

趙莎莎有些愣怔地看著蔚以珊，看著那決絕的眼神——好像只要繼續吐出隻字片語，她就會頭也不回地走掉，消失在夜色之中。就連自己對她的關心，她也視而不見。

於是趙莎莎沉默地抽著菸，直到抽完把菸蒂丟向潮濕的路面，才問了一句，「媽的……妳就那麼愛那傢伙嗎？爲什麼？」

原因實在是太多了，她眼淚咱嗟咱嗟地往下墜，「他說過，不管我是怎樣的蔚以珊他都會喜歡，即使是連我也厭惡的那個自己，他也會喜歡。」

他明明那樣信誓旦旦說過的。

「妳會受傷的，以珊，他眞不是個好人，他……妳就信我一次。」

路面的積水把她們的倒影扯成碎片，再也拼不完整。她看了一會兒，下定決心，「不是的……莎莎妳怎麼可能比我更了解他？阿廉他啊，是給了我幸福和自信的人，是讓我感覺自己活著的人。」

「分手吧。我不會騙妳，妳知道的吧？以珊，妳清醒一點，我怎麼可能會騙妳！」

「我只想相信我內心的感受。」

蔚以珊確信，那個溫暖爽朗的笑容、那雙溫柔結實的大手、那些附在她耳邊說過的情話……一定全部都是眞情實意的。她死也不想放開這個男人，「阿廉不愛我的話，我死了算了。」

她說到做到，她就是這樣的人。

趙莎莎沉默了一會，上樓拿了乾淨的衣服給蔚以珊換上。她們坐上車，暖氣開得很強，身體很快就回溫了，後照鏡下掛著的是她們倆的拍立得照片，是趙莎莎考到駕照那天拍的，照片中她們笑得燦爛無比。

她看了一會，又轉頭看向外頭的夜色，「我們要去哪裡？」

「我還沒想好，在那之前，妳先睡個覺吧。」趙莎莎遞給她一條毯子。

「醒來的話，一切都會結束了嗎？」

她不想和李廉從此一刀兩斷。

「不。」趙莎莎悲傷地笑著，伸手撫上蔚以珊的雙眼哄她睡覺，「一切都會重新開始。」

奇怪的是，她打從心底深深相信趙莎莎這句話。一切都會重新開始，現在只要睡一覺就好，醉意湧上頭，她的眼皮漸漸沉重。

於是蔚以珊閉上眼，眼淚從眼角流下。她終究沒有問出口，那天他們是不是見面了？爲什麼沒有人跟她講這件事？他們都聊了什麼、做了什麼？李廉跟趙沙沙在一起時，有比跟她在一起時開心嗎……蔚以珊把這些話都爛在肚子裡，總有一天她整個人會被腐蝕殆盡吧。

但是現在，她誰也不想失去，一旦開口問的話一定就會失去對方了吧？她才不要那樣的未來，沒有什麼比變得孤獨更可怕了。

她絕不會開口問的，相對地，誰也不要和她說！什麼都別告訴她。

就讓她戴上面具，笑得像朵純潔無知的小花就好。

就讓她這樣軟弱地逃避，這樣就好。

蔚以珊是被冷醒的。

車上的暖氣關了，趙莎莎不在駕駛座上。夜已深，放眼望去窗外盡是一片雪白，彷彿這是一個只剩下黑與白的世界。

外頭的風雪冷得她縮起身子，她走了幾步，看見一丁點橘紅色的火光，那是黑白之外唯一能見的色彩。她發現穿著單薄的趙莎莎在雪中沉默地抽菸，骨節分明的手凍得通紅。

她走近，將毯子披在對方身上，「妳不冷嗎？」

趙莎莎揉揉她的髮頂，「現在不冷了。」

「我們在……北山上嗎？」

「對。」

蔚以珊臉色慘白，「我們現在就走。」

「不會結束的，我答應過妳了，一切都會重新開始，所以別再說什麼死了算了。」趙莎莎拉住她，手冰得尤如冬雪，「只是妳要好好記著——」

「什麼？」

「記得妳在我家看的第一部電影嗎？」

「《楚門的世界》。」

趙莎莎看著她，那是她看過最悲傷的微笑。「妳往後就是在那樣的世界裡生活，別忘了。」

她還沒來得及問是什麼意思，就見李廉氣喘吁吁地跑來。「以珊！以珊！妳還好嗎？」

她腦袋一片空白，下一秒李廉就抱住了她，「我錯了，是我錯了，我真的以爲妳出事了，我快嚇瘋了……妳怎麼都不接電話啊！」

「抱歉，我關機了……」

「我看看，妳有沒有哪邊受傷？腳呢？是不是磨破皮了？衣服肯定也都濕了，我們趕緊進屋……」

「爲什麼要和我分手呢？」在李廉懷中，蔚以珊愣怔地問。

「對不起，這裡的生活太枯燥乏味，我一時瘋了才那樣講，我只是壓力太大了。但我想清楚了，我不能沒有妳，以珊我真的不能沒有妳，對不起，再給我一次機會……」李廉緊緊抱著她，「讓我們重新開始吧！」

蔚以珊無聲地在心中問道：莎莎，妳聽見了嗎？雪落下的聲音。

她就是個傻子沒錯，即使這樣，她也會選擇相信眼前的男人，死心塌地相信著，盲目地愛著他，相信他說的「我不能沒有妳」，如同她也不能沒有李廉一樣。

她伸手撫平男人緊鎖的眉頭，「我愛你，李廉。」

「我也愛你，以珊。」

男人低頭吻上她的嘴唇，兩人的嘴唇同樣冰冷，同樣試圖從對方身上尋找溫度，雪花輕輕落在他們身上。

淚水從蔚以珊的眼角滑落。虛假的世界嗎？和她眞配，像她這般虛假的人就該活在虛假的世界裡。即使這些都是假的、都是自欺欺人的幸福，她還是眞切地感受到「幸福」爲何物了喔。

這世界本就不公平，像她僅僅是降生到這世界上，就成爲別人的負擔了。既然李廉說過要她爲自己而活，那她成爲別人的負擔也無妨，就那樣緊緊抓著對方活下去。

「好冷啊，走吧，我們回家。」李廉牽起蔚以珊的手。

「莎莎！一起過去吧！」

「是啊，開夜車下山太危險了。」

趙莎莎斜靠著車身抽菸，「我就不了，不去當你們的電燈泡。」

「可是我還想讓妳看看這裡的日出呢！眞的很美，妳會喜歡的。」

「下次吧……」趙莎莎疲憊地笑了，「下次我們再一起看。」

蔚以珊使勁地點頭，然後揮手說再見。李廉牽著她往家的方向走，她每走幾步就回頭看一次，直到女人單薄的身影越來越小，直到眼前所見只剩下那一簇小小火光……最後連那一小簇橘紅也看不見了，她都覺得趙莎莎肯定還待在原地。

「剛剛那個吻，有薄荷的味道。」蔚以珊呵呵地笑。

「嗯？不然妳想要什麼味道？妳說說看。」李廉蹭著她的脖頸撒嬌。

「大變態。」她笑著捏了一下李廉的鼻子。

就算是虛幻的美夢也無所謂，如果這是夢的話，就讓她永遠沉溺其中。不願思考，不願清醒，就此沉淪下去。

裝睡的人是永遠叫不醒的。

六、開花

夢裡又是一片鮮紅，腳底下黏膩的觸感讓趙莎莎渾身戰慄。她走到盡頭，那裡有一台翻覆變形的車子和兩具人體，車子還在冒煙，人體已經摔得頭破血流，其中一顆破洞的頭顱緩緩轉向她，「莎莎，一起走吧。」

趙莎莎驚醒，發現自己一身冷汗，窗外微亮，時鐘指向凌晨五點半。她再也睡不著，便起身梳洗，看向鏡子裡那張憔悴的臉，喃喃低語：「爸爸、媽媽，放過我吧？我可不能這麼早死掉啊。」

誰能想到她會去上駕訓班？如果大姑知道的話，會驚得連嘴裡的菸都掉下來吧。畢竟父母車禍過世後，她有嚴重的精神創傷，連騎機車都不敢。

高中時都是阿豪載她，她還常被人笑膽小呢，她每次都笑著糊弄過去，這樣的她居然要開車上路了。

趙莎莎看著手中那張上個月拿到的駕照，證件照中的她笑得很矬，矬到有些不忍直視，她把駕照收進皮包裡，對它祈禱，「祝我好運吧。」

她和蔚以珊約好了今天要去北海岸，蔚以珊興沖沖地九點準時按響她家門鈴，提著大包小包出現。

「不過就兩天一夜，妳這架勢怎麼像是要去度假一星期啊？」

「無法取捨什麼該帶、什麼不該帶，我就統統都帶了。」

「等等妳幫我導航可以吧？」

「交給我吧！」

蔚以珊開心得像個要去遠足的小孩，趙莎莎看著她雀躍的背影，竟然有些緊張起來。最近她幾次上路都沒問題，平安出發，平安歸來，怎麼今天就想臨陣脫逃呢？

一定是因爲早上那個夢，太不吉利了。她摩挲著手指，一遍又一遍告訴自己：沒事的。

把行李都放好後，蔚以珊繫上安全帶，興奮地喊：「出發！」

她的腳抖了起來，彷彿底下踩的不是油門和煞車，而是夢裡那一灘黏膩腥紅的血，讓她動彈不得。

夠了吧，冷靜下來！先深呼吸再吐氣——

「莎莎？」身邊的女孩困惑地叫她。

夢裡那顆血肉模糊的頭顱還在流血，太平間裡父母殘缺的遺體就那樣映入少女的眼簾，從此成爲夢魘。

不要！她不要想起來，就將它藏在記憶深處！

「看著我！」蔚以珊一把捧起她的臉，手指溫熱的觸感稍微讓她回到現實，女孩滿臉擔心地看著她。

「妳剛剛換氣過度了，發生什麼事了嗎？」

趙莎莎有些喘不上氣地說：「謝了。我昨晚做了一個不吉利的夢，或許我們應該坐公車去。」

「是怎樣的夢？」

「我夢到我爸媽車禍的畫面，車子都撞毀了，他們摔得頭破血流，滿地都是血。我明明沒實際看過事故現場，只是從親戚口中聽來的，我還像個傻子一樣害怕，躺在血泊中的，明明、明明是我爸媽啊……」

「那肯定是妳的心魔吧，莎莎。」蔚以珊溫柔地笑了，擦掉她額間的冷汗，「所以，妳很害怕開車會出意外，對嗎？」

趙莎莎先是點頭，然後又搖頭。「我不怕死，但我害怕妳因爲我而死掉。」

蔚以珊的眼睛如小鹿般澄澈，是好看的琥珀色。聽完她的話，那雙眼彎成新月狀，她咯咯直笑，「大笨蛋，我才沒這麼容易死掉呢！」

「喂！我可是很認眞——」

「反正我們坐在同一台車裡，現在是生死與共了。」蔚以珊笑著緊握她的手，「我這條命，從一開始就是妳的了呀。」

那是一句足以將人拖入地獄的話，卻使趙莎莎紊亂的呼吸平復下來，她裝作不在意地抽開手，「妳還眞是會給人壓力啊。」

「我也是很怕孤單的，所以我答應妳，不會讓妳變成孤身一人，無論是一起死，或是一起生，這可是我的承諾。」

生死與共嗎？眞是沉重的承諾。她想。

趙莎莎笑著發動引擎，「別死在二十歲啊，怪可惜的。」

她在心中默默補充道：一起活下去吧，以珊。

她們平安無事地到達北海岸，雖然一路上趙莎莎都戰戰兢兢，但蔚以珊拚命地在一旁講話讓她的心情放鬆，也很稱職地當個小導航。

正值夏季，外頭是晴朗無雲的好天氣。

她們走到了綠石槽，滿滿的海藻布滿溝洞，在陽光的照射下閃閃發亮。

「我們來拍照吧！」蔚以珊興奮無比地拿出拍立得，好不容易才喬好位置讓後頭的石槽一起入鏡。喀嚓一聲，將快樂的她們永遠留在照片裡。

「剪刀石頭布，輸的人去摸那個海藻！」

「好噁，我才不要——」

她們嘻嘻哈哈地沿著海灘步道走，一路走到了最北端的燈塔，黑白相間的燈塔聳立在岸邊，歸來的船隻一眼就能看見。海風很大，讓人有些站不住腳，周遭只聽得見呼嘯的風聲和海浪拍打岸邊的聲音。

趙莎莎伸出雙手感受風穿過每個指尖，好似海鷗迎風飛翔般。

蔚以珊被風吹得頻頻後退，於是伸手拽住趙莎莎的衣角，咧嘴笑得很開心。她們一起抬頭看著燈塔的壯麗，她貼在趙莎莎的耳邊大聲說：「它就像是這片大海的守護神！」

「是啊，看著就感到安心。」

「妳也是我的守護神，我一定一眼就能找到妳！」

還好現在是夏季，此刻的天氣是會熱死人的豔陽高照——有大把藉口可以解釋爲何她的耳朵都燒紅了。

她笑著拍了蔚以珊的頭頂一下，「走，去吃午餐！」

「我是說眞的，妳不相信我嗎？」蔚以珊不滿地揉著頭。

「相信、相信。」

「好敷衍！」

夕陽把沙灘照得金光閃閃，海風徐徐吹來，她們並肩踩著貝殼細沙漫步。

蔚以珊說：「希望時間永遠停在此刻。」

「就是說啊。」

遠方夕陽西沉，天空一片彩霞，她們安靜地看著日落，看得入迷，直到那一輪紅日完全沒入海平面，直到暮色已深，她們才轉身離去。

兩人住的民宿是簡單的小木屋，外面擺了躺椅，裡面冷氣還沒涼透，她們就在外頭的躺椅上聊天。

這裡遠離繁華都市，遠離光害污染，一抬頭就能看見滿天星斗，安靜下來就能聽見各種蟲鳴鳥叫，尤其是夏蟬的聲音。趙莎莎不怎麼喜歡夏蟬鳴叫的聲音，肯定是因爲在大姑家外頭的大榕樹下聽太多的緣故，聽久了只覺得惱人。

蔚以珊痴迷地看著星空，安靜到讓她以爲身旁的她睡著了。

「妳知道我們現在所看見的星星發出的光芒，其實是它很久以前的樣子嗎？」

「現在是學霸在幫我上地科課嗎？」

蔚以珊沒好氣地瞪了她一眼，繼續說：「光速是每秒三十萬公里，舉例來說，太陽是離地球最近的恆星，兩者相距一點五億公里，所以太陽光傳到地球約需八分鐘，也就是說——我們肉眼所看見的陽光，其實是太陽八分鐘前發出來的喔。」

「那星星離地球就更遠了對吧？」

「是啊，那是以『光年』來計算的程度了。所以我們現在看見的星星，都是它們的過去，我們無法得知它此刻的狀況，就連哪天某顆星星滅亡了，我們也要隔很久之後才會知曉。」

「還眞是有點悲傷啊，所看見的一切都是過去式，追在後頭跑卻永遠追不上。啊……房裡的冷氣應該差不多涼了，我們要不要進去……」

「我有話要跟妳說，莎莎。」蔚以珊轉頭看著她，原本裝滿星空的眼瞳裡此刻僅有她一人，「很重要的事。」

「怎麼了？」

「我有喜歡的人了。」

夏蟬唧唧，迴盪在夜空中。

「是誰？」

趙莎莎看見蔚以珊那雙好看的琥珀色眼瞳慢慢彎了起來，「他叫李廉，是聯誼那天扶妳出來，還幫我們叫計程車的人，他是大我兩屆的學長。但妳那天太醉了，肯定不記得他的長相對吧？」

「……早就忘了。」

原來是這樣啊，剛剛還短暫抱有期待的自己眞像個笨蛋。

小女孩長大了啊，跑得太遠太遠了。

對了，星星——蔚以珊就是天上的星星，每當趙莎莎以爲自己已經緊緊抓住她的時候，才發現自己抓到的只是殘影。實際上她早已走得遠遠的，自己所見的都只是過去式。

蔚以珊像是察覺了什麼，有些忐忑不安地閉上眼，像是等待審判的罪人。

趙莎莎看著對方一會兒，於心不忍地伸出手，揉亂她的髮頂，「挺好的。」

從她開始奢望這顆純潔明亮的星星，就是個錯誤。

蔚以珊的眼眶發紅，「謝謝妳，謝謝妳能這樣說。」

「那個人，他也喜歡妳嗎？」

蔚以珊害羞地笑了，「喜歡。他說，我們交往吧。」

「太好了。」

明明早就知道結果，爲什麼此刻她還是痛徹心扉呢？

她的女孩，終於成爲不可企及的星星，距離自己不知有多少光年遠，或許已經遠到再也測量不出來了。

那是一個高䠷挺拔的男生，看體格就知道他有運動習慣，戴著圓眼鏡看起來聰明老實，笑起來時很溫和陽光，瞧著就是一個非常好的人。

他和蔚以珊一起從人行道那端走過來的畫面，特別美、特別登對。

趙莎莎早就知道會有這一天，此刻仍舊忍不住想拔腿就跑。

蔚以珊侷促地捏著裙襬介紹，「他是李廉，她是莎莎……」

不同於蔚以珊的尷尬緊張，李廉大方地伸出手，「又見面了，妳是我看過最能喝的女客人，我常常聽以珊提起妳。」

她看著那隻結實的手，也伸出手握了一下，「嗯，那天謝了，我也常常聽以珊提起你。」

「以珊都說我什麼？」他笑著追問。

「我想想啊，要實話實說嗎？」

「我、我哪有說他什麼壞話！」蔚以珊委屈極了。

「開玩笑的，她一個勁地炫耀你呢。」都說你是特別特別好的人，聽到她耳朵都要長繭了。

之後三人開始常常見面，日子過得平淡如水，至少表面上是如此。

有一次他們在咖啡廳坐著，蔚以珊早上似乎吃壞肚子，頻頻跑廁所，剩下她和李廉在位子上，她攪著杯裡的冰塊，悠哉地滑手機。

李廉忽然開口：「妳是真的放下了，還是假裝自己一點都不在意？」

「……我不懂你在說什麼。」

「我是研讀心理學的，抱歉把話說破，但妳的眼神瞞不過我。」李廉抿了一口咖啡，「一開始在烤肉店見到妳時，我覺得妳是個特別野、特別豪爽的女生，可現在我發現，妳是個特別隱忍的人。」

「如果讓你不舒服的話，我可以和她保持距離……」

李廉笑著搖頭，「妳覺得以珊一點都不知道嗎？」

必須要不知道才行，如果她單方面的感情會成爲對方負擔的話……

「不知道。我不會讓她知道的。」

「不只騙過別人，也要騙過自己嗎？妳對自己還眞殘忍。」

「還好吧。」

「如果我剛剛要妳別再靠近以珊，妳打算怎麼辦？」

「我打算和她胡謅一堆你的壞話，讓你們分手，然後帶著她遠走高飛。」趙莎莎神情認眞地說道。

李廉沒有生氣，反而噗哧一聲笑了，「妳還眞是個有趣的人。」

這怎麼就有趣了？她想不通，她現在可是光明正大地在威脅他。

「別跟她說，我不想給她造成負擔。」

「那這就是我們共同的祕密了？」

她心不甘情不願地說：「喂，她是個好女孩，別讓她落淚。」

「我知道，所以妳也別這麼敵視我，我不想當妳的敵人。」

「情敵不就是敵人嗎？」

李廉沒反駁，只是歪著頭說：「但是我想當妳的朋友。」

朋友嗎？眞抱歉她還沒有寬宏大量到跟情敵當好朋友。兩個人一樣沒心眼，都像個傻子，這種善良眞誠的男人待在蔚以珊身邊太好了——她當時是眞的那樣想的。

如果時間可以倒流，她一定會回到那時候用力捶自己的腦袋，毫不留情。

蔚以珊曾說過害怕他們會合不來，然而出乎意料地趙莎莎和李廉相處得不錯。喜歡的兩個人都在身邊，蔚以珊說現在肯定是自己人生中最快樂的時候。

趙莎莎很想問她：妳哪隻眼看見我們相處得好了？猶豫半晌還是沒問出口。

「如果他敢欺負妳，我肯定跟他翻臉。」

「當然好！不過阿廉是個好人，對我很溫柔，放心吧！」蔚以珊笑得幸福洋溢。

趙莎莎看著那個幸福的笑臉，默不作聲地點起一根菸，腦中忽地就想起那天在咖啡廳裡李廉的話。

「妳是真的放下了，還是假裝自己一點都不在意？」

對著一個每天都會見到的人，放下談何容易？她早已無處可躲。

不過就是把這份心意藏得嚴實一些罷了，我能做到。她在心底開口。

週一的清靜午後，趙莎莎去他們學校的自習室裡吹冷氣，頂尖大學就是不一樣，自習室又大又乾淨，冷氣也涼爽舒適。

報告弄到一半，李廉被系上籃球隊找出去討論比賽的事，遲遲沒回來，蔚以珊說昨天忙報告沒什麼睡，不一會就趴在桌上睡著了。她百無聊賴，便坐到李廉的位子上翻看那些紙張，密密麻麻的字跡一看就煩，她眞不是讀書的料。

她伸了伸懶腰，不小心弄掉了李廉的後背包，雪白紙張灑了一地，她慌張地撿起，卻看見上面的內容是有關人性的暗示心理學——觀察對象是蔚以珊。

筆者：李廉

觀察對象：蔚以珊。

「人們會不自覺地接受自己喜歡、欽佩、信任、崇拜的人的影響和暗示。」——引用自Emil Er Keer〈心理暗示與自我暗示之柯爾效應〉

前提：研究對象滿足了心理學家馬斯洛提出的需求層次之中的「生理需求」及「安全需求」（即日常能夠吃飽喝暖、家庭和學校環境的安全有保障），卻不滿足更上一層的「社會需求」（愛與歸屬感的需求），愛與被愛、家人的親密關係、同儕間的友誼……她缺少這些，以致再來的「尊重需求」和「自我實現需求」（外部認同、內部自我認同）無法得到發展與滿足。

心理暗示有很多手法，冥想、瑜伽、環境改變又或是——愛情。

筆者與觀察對象成立交往關係後，鼓勵、給予她自信與歸屬感，可見觀察對象日漸開朗，逐漸產生自信，並開始對未來有所規畫。且明顯發現其「尊重需求」和「自我實現需求」已經開始發展了，符合心理學家馬斯洛提出的金字塔型需求層次。

另外，觀察對象的「本我」會無意識尋求歸屬感，渴望與人聯繫並害怕失去對方，「超我」卻會感到罪惡，認為自己是個累贅，下意識抑制自己本能。以至於「自我」極為混亂。

這時給予暗示「愛與被愛是人類本能、無須感到罪惡」，在一旁給予情感支持，觀察對象終能突破「超我」的限制而順應本能。由此可知一個人的「超我」，即良心的界線，是可經由外力去改變的……

趙莎莎沒讀完就將紙張全部收進了後背包裡。

看了熟睡的女孩一眼，她焦慮地想抽根菸，想起這裡是自習室，便徑直走出圖書館。入秋了，外頭的葉片開始轉黃凋零，吹來的風微冷，她旁若無人地抽菸，腳邊都是抽完的菸蒂。

「在別人學校的圖書館前這樣抽菸，妳還眞是大膽耶。」

她波瀾不驚地回應，「都什麼年代了，大學還和高中一樣有校規嗎？」

「沒有，妳隨意吧。」李廉笑笑，轉身想走進圖書館時，被她叫住。

「你真的愛她嗎？」

「妳總愛懷疑我呢。」

「一般人會把女朋友當作研究對象嗎？」

李廉停住腳步，「妳看到了？」

「不小心弄翻你的背包，看來是上天的旨意吧？以珊正在熟睡，什麼都沒發現，所以你現在最好據實以告。」

李廉正面迎向她，午後的溫煦陽光灑在他的臉上，「我喜歡她，這是真的。」

趙莎莎沒說話，只是朝他走近幾步，兩人距離近在咫尺，嘴裡的菸全吐在他臉上，她一把抽掉他臉上的圓框眼鏡，「再說一次。」

李廉彎起好看的桃花眼笑了，「我愛她。」

趙莎莎看了一會，反手將那副眼鏡扔到地上，一腳踩碎，「騙鬼去吧。」眼神是騙不了人的。

「我們不過是各取所需。」李廉平靜地開口，彎腰撿起扭曲變形的鏡框，「她是千載難逢的好素材，我給她所缺乏的愛與自信，很公平。」

「你給她虛假的愛，還好意思說很公平？」她氣得顫抖。

「所以妳要將一切都說出去嗎？」

「對。」

「勸妳別那樣做吧，她現在的情感寄託是我，如果妳將一切都告訴她的話，她整個人會毀滅的。」

趙莎莎想到蔚以珊拉著她的手天天說李廉好話，說能遇見他眞是太幸運了，肯定是上輩子做盡好事，笑得好甜好甜……

「不，我不信她有那麼死心塌地，我會說的，說你是怎樣的傢伙——」

「那我也會說的，說她珍貴的朋友是用怎樣的眼光看待她，也不知道她會不會覺得噁心？」

她稍有猶豫，「……你現在是在威脅我嗎？」

「就要下地獄了，怎樣也得拉一個人陪葬吧？」李廉笑了，「既然妳不服輸，那好，我們就鬥個兩敗俱傷如何？」

趙莎莎第一次覺得那雙桃花眼有些凌厲，沒了眼鏡遮掩，上勾的眼尾有著一股寒氣，彷彿自己成了被他鎖定的獵物。原來他是惡魔而不是天使，她當初眞是瞎了狗眼才沒有看出來。

「我可以對她坦承一切，我會對她說『很抱歉，這段時間我從來就沒喜歡過妳，之前全都是我努力裝出來的，我不過是爲了達成自己的目的才接近妳。不過，妳朋友挺有趣的，我喜歡上趙莎莎了，這段時間我的眼裡都是她』。」

她白著臉打斷他，「別亂說!李廉你還有沒有一點良心？」

「說眞的我也挺好奇的，如果我眞的捅破一切，妳們之間的友情是不是就到此爲止？妳有自信以珊聽完後不會逃避妳嗎？倘若我說我愛上妳了，她會不會恨妳呢？」

趙莎莎沒說話，拳頭握得緊緊的。

「妳選吧！妳要成爲一個坦白從寬的乖寶寶，還是和我一起成爲共犯？」

這份無望的單相思太煎熬，趙莎莎曾無數次想過坦白，心裡會輕鬆一點。但她只要一想到蔚以珊聽完可能會錯愕、會覺得噁心、會逃避她，就寧願把話全爛在肚子裡。

她才不要蔚以珊轉頭離去。不想變成孤身一人的，其實是她啊。

對不起。蔚以珊，對不起，請原諒她此刻的懦弱。

「答應我，一切結束後，你會讓她主動提出分手，讓她自己轉身離開。在那之前，你會眞心地對她好，就算用裝的也給我裝出來。」

李廉笑了，將破碎的鏡片全踢到水溝蓋裡，「行，小事一樁。」

等著吧，她總有一天會把這披著天使外皮的惡魔給拖入地獄，等到那時，她也會一同墜入地獄。

「所以，我們現在擁有彼此的祕密了？世上沒有比這個更緊密的關係了，或者乾脆說我們是共犯呢？」

趙莎莎冷笑，「不，我們是敵人。」

從一開始就是，只是他們同樣都罪孽深重罷了。

她轉身，走進風中。

一月，北山下了第一場初雪。明明前晚還毫無動靜，今早就突然飄起雪來，聽說路面都結冰了。

趙莎莎剛看完新聞報導沒多久，就收到蔚以珊的訊息。

「要不要一起上山看雪？阿廉可以開車載我們一起去！阿廉老家就在山上，也不用煩惱沒地方住。」

她本想回覆蔚以珊北部太冷，要不要一起南下去溫暖的地方玩。但看著那雀躍不已的訊息，她刪了打到一半的句子，回說自己要和系上朋友們南下一趟，去不了。

電視機裡呈現的畫面銀白一片，枯枝上都覆了一層薄薄的雪，彷彿那是一個乾淨潔白到容不下任何骯污的世界。她凝視了一會便關上電視機，躺回床上睡覺。

她有次問蔚以珊，「妳幸福嗎？」

「幸福！」對方答得毫不猶豫。

「那傢伙對妳好嗎？」

「太好了……我常在想，像我這樣的人何德何能讓他留在我身邊呢？他眞是個溫柔可靠的人，在他身邊我覺得自己什麼都能做到。」蔚以珊眼裡有淚。

「妳對他的評價也太高了吧。」

李廉眞是好好編織了一場美夢啊，美到讓蔚以珊都分不清眞假了。

「阿廉來我家看過我媽媽，他們聊了很多……妳知道阿廉他說什麼嗎？他說他會給我一個完整美好的家庭，不會有任何缺陷。」

「妳的意思是？」一陣惡寒自她心中竄起。

「等我畢業後，我們也許會結婚。」蔚以珊笑得好甜，像朵嬌羞的小花，「吶，妳覺得他會喜歡純白的婚紗，還是粉色的？」

不過是個謊言，不過是個被糖衣包覆的謊言，李廉到底要走到什麼地步才甘願！

「我覺得太快了，妳還年輕……」

「莎莎啊，我爸爸離開後，媽媽曾經說，要我學著爲自己而活。但我現在覺得，我這一輩子都可以爲阿廉而活。」

那是毫無保留、死心塌地的愛。

太過眞實的美夢，一旦夢醒了，蔚以珊一定也會跟著摔得支離破碎。

霸王級的寒流來臨，天寒地凍。

少了蔚以珊賴在房裡，這個冬天實在漫長難捱。

趙莎莎又開始不要命地喝酒抽菸，把日子過得一塌糊塗。系上幾個女生約她出去玩，大家都打扮得花枝招展，在夜店裡又唱又跳。只有她穿得一身黑，窩在吧檯喝悶酒，對其他人的搭訕視若無睹，眞的被纏得煩人，她就會不客氣地叫對方滾蛋，她今天心情很不好。

一個陌生少女在混亂中走到趙莎莎身邊，說借她躲一下，她實在被某個中年男人纏得煩了。

那名少女長得乾淨順眼，留著和蔚以珊一樣齊肩的鮑伯頭，遠看的話還眞有點像蔚以珊。她畫著精緻的妝容，穿著低胸小可愛和超短熱褲，鎖骨下方有個小小的雛菊刺青，一看就是夜店常客，雖然外型和蔚以珊相像，但氣質截然不同。

「隨便妳。」

音樂太大聲，像是重重敲在腦袋上，少女貼著趙莎莎的耳朵講話，「我說——我們是同路人吧？」

感受到對方柔軟的胸貼著她的手臂，她驚得縮起身子。

少女只是咯咯直笑，「第一次來夜店玩？」

「那個纏著妳的男人走掉了沒？」

「從一開始就沒有。」少女惡作劇地笑著，「我說了吧，我們是同路人——我只纏女人，也只願意給女人纏。」

趙莎莎不懂爲什麼自己會被看破，在晃眼的霓虹燈中，她覺得特別暈眩。

少女只是親暱地在她臉頰親了一下，「想和我玩的話隨時歡迎，來這間夜店找我就行了，我是Daisy。」

Daisy是雛菊的意思。

她感到疲憊，和朋友們說要先走了，逃難似的離開夜店，只是剛回到家沒多久門鈴就被摁響了，開門瞬間，那副討人厭的臉孔映入眼簾。

「還以爲妳有多純情，原來也會去夜店找樂子啊？」

她沒有想讓對方進門的打算，只是開口問：「下山來這幹麼？以珊呢？」

「在山上過得好好的呢。」

「沒事的話我關門了。」

李廉撐著門板不讓她關上，「我是來跟妳說好消息的，我打算和她分手了。」

「她提分手了？」

「不，是我累了。」李廉笑了笑，摸著幾日沒剃的鬍渣，「要我結婚後住在那片漫無天日的白雪中，整天無所事事？饒了我吧。」

趙莎莎焦慮地點菸，「當初說好讓她主動提分手的吧？你就發個脾氣讓她厭倦——」

「夠了吧，趙莎莎，這不就是妳想要的嗎？誰提分手有什麼差別？」

她凝視著花窗子外的風信子，「她會受傷的，她那麼愛你。」

現在的蔚以珊很好，眞的很好。很快樂、很自信，對生活充滿熱情……

一切都是源於李廉，李廉給了蔚以珊一個完整的世界。

小小的套房裡菸味瀰漫，李廉擠了進來，反手關上門，「求我，求我的話，我就考慮把戲演下去。」

李廉伸手撫上趙莎莎略施脂粉的臉頰，她皺眉一手拍掉，「你瘋了吧？」

「我才沒瘋。」李廉看著手上沾到的一些口紅，「不，在那與世隔絕的日子裡，我大概有點瘋了。」

「……別說得太絕情。」她提醒。

「我盡量。」李廉轉身想走，在擰開門把前，又想到什麼似的開口：「對了，說到報告，妳知道妳眞的很有趣嗎？拿來當觀察對象再好不過，我眞好奇妳能爲她做到什麼程度。」

趙莎莎沒回答，但她感覺自己什麼都做得出，畢竟從很早開始，她就一腳踏入地獄了，她看向自己的雙手——那上面早已沾滿罪孽，洗也洗不清了。

趙莎莎和那個紫髮女生——維妮聊過幾次，維妮說：「李廉學長是大家的夢中情人，幽默帥氣、陽光爽朗、聰明正直……簡直是漫畫裡走出來的人，那麼好的人，爲什麼妳一見到他就要皺眉呢？」

「他……沒有妳口中說得這麼好。維妮，妳眞的覺得李廉那傢伙喜歡以珊嗎？」

「這不是很明顯嗎？」維妮困惑地說：「學長有時候會露出很柔和的表情，都是有以珊在的時候，以前我從來沒見過那樣的表情呢！」

「妳怎麼看出來的？」

「就……喜歡一個人的時候，不是連他再小的情緒變化，都能看得一清二楚嗎？」維妮的臉蛋都紅了，「妳別誤會，我不過是和大家一樣崇拜他、仰慕他，沒有別的意思。」

「完全被迷得團團轉呢。」

「我和學長本該是兩條平行線，像我這樣平庸的人，是絕對不可能跟他有交集的。多虧了以珊，我居然能和學長像朋友一樣聊天玩樂，我做夢都沒想過。」

她吐出一團煙，「該說妳傻，還是太容易知足呢？」

「妳爲什麼總要說他壞話呢？」維妮摳著手心，「他是怎樣的人我很清楚，他那麼好，我全部都看在眼裡……」

她聽不下去，一把將菸蒂丟進花壇裡，「我走了。」

「學長看妳的眼神很特別！」維妮喊住她，「不只是以珊的摯友那樣簡單，還有更多的、更複雜的東西……我不知道那是什麼眼神，但妳能不能告訴我，要怎樣才能變成對他而言特別的存在？」

趙莎莎頓了許久，慢慢轉過身望向維妮，「給妳一個忠告吧，別爲了愛一個人，把自己弄得如此卑微。」

她想起高中那個暗戀蔚以珊的男孩，在樓梯間忿忿地對她說的話。

「她就像一張白紙，是妳……是妳將她染黑的！」

她那時還理直氣壯地反駁，現在想來眞沒錯，她就是那一片銀白世界中的汙穢，如果蔚以珊哪天摔得支離破碎，那她和李廉就是罪魁禍首。

她現在也僅是在等待，等待審判來臨的那天，她終將償還自己的罪。

而那天的那一通電話就是審判的開端。

李廉著急地說：「我一不留意她就走了，行李錢包什麼都沒帶，手機有帶著可是關機。外頭還下著大雪，我想她或許會去找妳……」

趙莎莎再也聽不進去其他，掛了電話就奔出門。

天色漸暗，冬天的夜總是來得特別早。路上的行人用怪異的眼神盯著她瞧，在這寒流來襲的夜，她僅穿著單薄的T恤，腳下還踩著藍白拖鞋，不停撥打蔚以珊的電話號碼，卻只聽機械音一遍又一遍地說進入語音信箱。

她在人海中跑了幾回，能想到的地方都去了一遍，看著紅綠燈閃爍不停、馬路車水馬龍、鬧區逛街的人們快樂地聊天、攤販前擁擠的人潮……她終於無力地蹲在地上。

「求求妳接電話……」看著自己凍得通紅的腳趾，她想，和蔚以珊此刻內心的痛苦相比，這都不算什麼。

勉強打起精神後，趙莎莎起身徑直走進了附近的警察局，「我要找人。」

「妳……沒事吧？要不要喝個熱水？」一旁的員警看見單薄狼狽的她，有些驚慌。

「大概下午二點多從北山某戶人家離開後就失去聯繫了，她不會開車，什麼行李也都沒帶，她……剛剛和男友吵過架。」她翻找出李廉給她的家裡地址，「她是從這裡出去的，能派人去找她嗎？」

「不是，這才過多久？失蹤案至少要二十四小時才會成立啊！」

「依我看，不過就是情侶吵架賭氣罷了！」

「妳是他們的朋友吧？這種案子啊，十件裡十件都沒事，妳就放心回家好好睡一覺，別大驚小怪，肯定明天就回家了。」

「就是啊！動不動就離家出走，最近這種案子太多了，真是浪費時間、浪費社會資源！」

趙莎莎聽著這些話，緩緩從口袋裡拿出正在錄音的手機，一鍵按下儲存。

「抱歉浪費你們的時間，但要是她真的出事了，在場幾位我一個都不會放過。」她抬頭，環視在場的幾位警員，「六位，啊，原來其中一位還是所長呢。」

所長本來想遮住自己的名牌，然而已經來不及，外頭寒氣逼人，可他覺得眼前這女孩的雙眼更是凜若寒霜。他不甘願地說：「給我號碼我來查查，下不爲例！」

只不過電話的主人一直沒有開機，追蹤不到去向，等了約一小時後，所長有點不耐煩，想把她轟出去。這時畫面突然劇烈閃爍，發出逼逼叫的聲音。

「是The Night夜店！在這附近！」一位女警說。

趙莎莎聞言頭也不回地飛奔而出，像一陣疾風。

所長在後頭碎念：「年輕人就是麻煩……」

在擁擠喧鬧的夜店中趙莎莎左顧右盼，想找到那個熟悉的身影。強勁的音樂震得她耳膜疼，看見人海中那顆鮑伯頭，她撥開眼前的人群，一把拉住對方——卻是那個鎖骨下方有雛菊刺青的少女。

「沒想到妳這麼快就來見我了？」Daisy驚喜地笑了。

她立刻鬆開手，轉身就走，丟下錯愕的Daisy。

這裡燈紅酒綠，香菸、酒精和慾望的味道全混雜在空氣中，不是那個純潔女孩該待的地方。她焦急地穿梭在人海裡，終於，她在吧檯前看見一個男人扶起醉醺醺的蔚以珊往後頭的房間走。

開什麼玩笑！她不接電話，就爲了放任自己墮落至此嗎？

男人吐出穢語，「哥哥會教妳很多事……」

再也聽不下去，她上前反扭對方的手，男人低聲求饒，在哀號聲和周遭的交頭接耳中，她只是直勾勾地看著蔚以珊，想確認她是否安好。

絢爛燈光下，Daisy從舞池中走出，「還以爲妳是來見我的，殊不知是來英雄救美，還眞叫人有點失望呢！」

趙莎莎沒理會Daisy，她拉著蔚以珊走出夜店。

蔚以珊的模樣也沒好到哪去，大衣、裡頭的襯衫、頭髮全都濕漉漉的，她很想不分由說就罵她一頓，但看到那副可憐模樣，什麼狠心話也說不出口。

她摸向口袋，明明那麼著急出門，裡頭竟然還有打火機和菸，眞荒謬。她遲來地感受到氣溫寒冷，手抖得一直點不著火。

蔚以珊乖乖跟在她身後，兩人沉默地走在夜色裡，寒風刺骨。

她租房樓下那盞路燈故障了，忽明忽滅地閃爍。

趙莎莎開口：「那傢伙打電話跟我說妳不見了，錢包行李都沒帶就那樣在雪中消失了，手機也關機，剛剛是因爲妳開機才能瞬間定位到妳的位置。妳不知道我有多害怕妳出事嗎？妳爲什麼要這麼亂來——」

「他很擔心我嗎？」蔚以珊的語氣有些著急，「他有很擔心我嗎？」

趙莎莎停下腳步，吐出一圈煙。

一開口總是阿廉、阿廉掛在嘴邊，眞是殘忍至極啊。

「妳就那麼愛他，愛到要這樣糟蹋自己？」

蔚以珊的嘴唇毫無血色，輕聲說：「對。」

李廉，看見了沒？這就是他們的罪孽。

摘下那朵純白的花兒，並把她丟入泥濘之中，就是他們幹的好事。

趙莎莎想勸蔚以珊就此分手算了，她卻摀住耳朵拒絕聽任何勸言，那雙琥珀色的眼眸太過決絕，哭得淚水全糊在臉上。趙莎莎有種錯覺，蔚以珊就像是風雪中的殘燭，只要風再稍微大一些，小小的火光就會永遠熄滅。

她或許才是眞正該下地獄的人。因爲事到如今，她還是不敢戳破那虛幻的美夢。

「阿廉不愛我的話，我死了算了。」

這句話深深刺在趙莎莎心上。

她本就知道蔚以珊看似柔弱，其實骨子裡比誰都執拗，她說到做到，甚至有些鑽牛角尖，死心眼地往同個方向鑽，直至支離破碎。

也正因爲那並不是玩笑話，所以更讓趙莎莎疼得難以呼吸。

「是我低估了妳對他的感情。」她喃喃開口，轉身上樓，隨手拿了幾件蔚以珊留在她家的換洗衣物，眼淚忽然就奪眶而出。自己眞是愚蠢至極，居然還對李廉說想辦法讓蔚以珊厭倦他就行了，把感情當兒戲的人，其實是她啊。

車內的暖氣開到最強，蔚以珊看著外頭的夜色，昏昏欲睡：「醒來的話，一切都會結束了嗎？」

趙莎莎看著蔚以珊死撐著眼皮，倔強不肯睡去的模樣，一把撫上了對方的雙眼，指腹彷彿感受到顫動的睫毛。她悲傷地笑著，「不，一切都會重新開始。」

她承諾，給她一個幸福快樂的未來。

這次她一定說到做到。

李廉說過在那日復一日的日常裡，會把人逼瘋，趙莎莎現在想說，不只是困在日常輪迴裡，僅僅是活在這殘酷的世界上，誰還能不瘋狂？

如果清醒地活著太累了，乾脆就瘋魔地活。

「我大概也瘋了。」看著眼前的蜿蜒山路，她不帶一絲猶豫，用力踩下油門。

蔚以珊曾經說過，從坐進副駕的那一刻起，她們就是生死與共，一起死或是一起生，誰也不會孤單一人。每次一成功轉彎，她就覺得她們又多活下來一點點了。

氣溫陡降，車外開始出現零星雪花，趙莎莎用毯子將蔚以珊裹得更緊，而後在導航中輸入李廉給的地址，邊走邊祈禱，希望這蜿蜒的山路永遠不要有盡頭……

到達目的地後，蔚以珊依舊在車內沉沉睡著。

趙莎莎獨自下車，敲響了那道木製大門。

來人穿得太過單薄，李廉一時之間竟無法分辨，從趙莎莎嘴裡吐出的究竟是冰冷的呵氣，還是她愛不釋手的七星濃菸。

「找到以珊了？」

「嗯，在車上睡著，我是來和你談交易的。」

「如果我拒絕呢？」

「儘管說吧，讓你繼續演戲的代價是什麼？我什麼都能給。」

「現在反倒要求我把戲演下去了？妳遠比我想像中更珍惜以珊呢。」

「嗯。所以要我給什麼我都答應。」

「好大的口氣，眞的什麼都行？」

趙莎莎抬頭，毫無畏懼，「什麼都行。」

李廉看著那雙黑白分明的眼，宛如外頭無邊無際的黑夜和日復一日飛舞的白雪，組成了他每日所能見的唯一景象。

他鬼迷心竅地說：「吻我。」

「這對你有什麼好處？」

「我只是想看看妳能爲她做到什麼程度。」

「行。」她嘴硬道：「就當是被蚊子咬一口。」

李廉摘下眼鏡，眼鏡底下那雙魅惑少女的桃花眼，此刻看來凌厲至極。趙莎莎一步走向前，湊近他的嘴唇，他的鼻息間都是清冷又熟悉的菸味。

李廉笑了，低頭吻住她。

其實這根本不算是個吻，僅僅是嘴唇相觸，她夾在食指和中指間的菸蒂還是被她抖得掉落地面。

她佯裝鎮定地撿起菸蒂，轉身走人。

「成交。」李廉微笑，往嘴裡放了幾顆薄荷糖，蓋過那股淡淡菸味。

珍惜地點燃口袋裡最後一根菸，趙莎莎獨自走在風雪之中，車子停在不遠處，她讓李廉等等再來迎接蔚以珊，她醒來後看見他肯定會很開心。

看著車內如天使般的女孩的睡顏，她不忍心開門吵醒她。

趙莎莎想到了蔚以珊在租房裡跟她一起看的第一部電影——《楚門的世界》。

那些主角以爲的境遇和感情，其實都是導演一手安排好的，他只是活在虛假、完美、毫無隱私的世界裡。

她不由得在心中想著：如果知道外頭只有殘酷的眞相，妳還會像電影主角一樣奮力航向大海，用力推開攝影棚的邊界嗎？

趙莎莎的初吻就那樣沒了，眞是糟糕至極的回憶。

在那天之後，她和Daisy在一起了，無關情感，僅是跟隨慾望。Daisy總是自顧自地纏上來，看著低頭抽菸喝酒的她微笑。

「現在的妳很混亂，我很喜歡。」Daisy湊近她，宛如魔鬼般低語：「我想吻妳。」

如果遮住Daisy的雙眼，她眞的很像那乾淨到一塵不染的女孩。

Daisy一把將趙莎莎拉進舞池，人潮擁擠，霓虹閃爍，音樂重重震著耳膜，Daisy伸長手臂環住她的脖子，作勢要吻她。她低頭，遮住Daisy的雙眼，輕輕地吻了上去——任憑自己墮落。

她有時會在Daisy家過夜，那是極爲狹小髒亂的套房，指套、內衣、衛生紙全扔在地上，如同少女本身一樣混亂不堪。她卻覺得在這樣頹靡的世界裡才終於得以呼吸，像她這種人，不該待在太純潔的雪花中。

完事後她們會一起在床上抽菸，Daisy的菸癮也很大，一根接一根地抽，「以前我覺得自己大概會得肺癌死掉，現在覺得，好像得愛滋也有可能。」

「死掉什麼的，別瞎說。」

「如果我哪天死了，妳會爲我哭泣嗎？」

趙莎莎想了很久，據實以告：「我不知道。」

僅是擁有肌膚之親，以及一點點的認同感，她不知道怎樣定義自己對Daisy的感情。

「我有時眞討厭妳的誠實。」Daisy拿起衛生紙團丟她。

「我才不誠實。」

「我和那女孩長得挺像的吧？妳在夜店裡拉走的那個女孩。」

「……一點都不像。」

Daisy沒有再追問下去，僅是翻身抱住她，像個乞求溫暖的小孩，「我也是一直、一直在墜落，莎莎妳說，如果墜落到谷底的話，我們是不是就能一鼓作氣飛上去了呢？」

趙莎莎沒有回答，她仍然在下墜的過程，不知道要多久才會到達谷底。

她撫上Daisy的雙眼，「睡吧。」

*

大學生活其實咻一下就過了，她不再那麼常和蔚以珊他們見面，覺得與他們漸行漸遠，像是劃分出彼此的舒適圈。

大學畢業後幾天，就是尤欣和阿豪的婚禮。

沒想到兩人會是趙莎莎高中朋友中第一個發紅色炸彈的，對象還是以前互看不順眼的死對頭。聊天群組裡炸開了花，眾人開始訊息轟炸，非要他們給出個交代！

「我追到他了。」尤欣簡潔地用一句話結束訊息轟炸。

那是個春暖花開的季節，風光明媚的好天氣。

尤欣穿著一身雪白婚紗，留長的頭髮全挽了起來，眼裡都是溫柔繾綣。婚禮開始前，趙莎莎和她在休息室裡單獨見了面。

「我第一次看新娘子這樣狂妄地抽菸。」

「沒辦法，戒也戒不掉。」尤欣熟練地吐出一圈煙。

「恭喜妳啊，追到那小子了。」

「我本來還猶豫要不要發喜帖給妳，畢竟妳是他高中喜歡的對象，我怕他反悔……」

「不發就不是朋友了！」她哈哈大笑。

尤欣看向窗外，蔚以珊和李廉親暱地挽著手在後院散步。「她知道妳的心意嗎？」

「應該不知道吧？」

「所以呢？妳就甘願看著她和別的男人在一起？」

趙莎莎彎了彎嘴角，「別慫恿我啊。」

「等等丟捧花，我會丟給以珊。」

「別啊，他……我不希望他們走到那一步，他們不適合。」

「在我看來，現在最不適合她的是妳。」尤欣伸手，替趙莎莎順好凌亂的髮絲和亂翹的衣領，「別管別人的人生了，管好妳自己吧，妳現在也是一團糟呢。」

她自嘲地笑了，「是啊，我都做了些什麼啊……」

尤欣踏在紅毯上，由父親挽著手，在幸福歡快的音樂中，一步一步走來。

趙莎莎看見尤欣眼中有淚，四目相交的瞬間，她小聲地說：「這麼好的日子，別哭啊。」

尤欣點頭，咬唇忍住淚水。

阿豪站在紅毯尾端，緊張得像個傻子。他從岳父手中接過尤欣的手時，差點就激動地跪下來了，逗得大家哈哈大笑。

「我……請在座各位見證，我，陳志豪願意娶妳，尤欣為我合法妻子，我願對妳承諾，從今天開始，無論是順境或是逆境，富有或貧窮……呃，健康或疾病，我將永遠愛妳，珍惜妳直到天長地老。我承諾我將對妳永遠忠誠……」阿豪磕磕絆絆地宣誓，最後他乾脆喊：「不用這些台詞。尤欣，妳願意一輩子和我過嗎？」

尤欣笑著也把手上的文本丟掉，「我願意！」

他們接吻的瞬間，全場歡呼尖叫，閃光燈沒停過。看到尤欣高中以來的心意終於開花結果，趙莎莎替她開心，感動得眼眶也泛紅了。

尤欣朝著蔚以珊的方向丟捧花，而捧花也按照預想穩穩地落入她的手中，蔚以珊的臉倏地漲紅。

大家在一旁起鬨，「下一個就是蔚以珊了！等著吃你們喜酒！要不要今天就登記算了……」

趙莎莎看了一會人潮中紅著臉的蔚以珊，雖然害羞侷促卻笑得很美很美，她徑直走出去抽菸。

外頭春意盎然，後院打理得很漂亮。她忽然想到，大姑家外頭那棵大榕樹肯定越長越茂盛了，或許有天還會侵門踏戶……等等順便繞去看看大姑吧。

沒有留下來敘舊，她轉身離開那個幸福溫馨的場合。

房子還是熟悉的樣子，大姑坐在陽台前發呆，那棵榕樹長大很多，枝葉繁茂，已經能搭起個天然遮陽棚了。春風一吹，空氣裡都是青草味。

「太茂盛了，哪天它就會整個遮住陽光。」

趙莎莎住過的房間蒙上了一塵灰，牆角還長蜘蛛網了，但東西都還維持在她離去的時的位置，好像深怕她回來拿，卻再也找不到。

「我回來了。」她對著那個駝背瘦小的身影開口。

大姑遲緩地轉過頭看她，眼裡先是震驚，然後盈滿淚水，她摸了幾下趙莎莎的手，想確認這是不是自己的幻覺。摸到眞實的皮肉，她激動地別過頭，重新看向院裡那棵大榕樹，「回來就好。」

趙莎莎簡單地煮了一餐，大姑的胃口變小了，吃了幾口就說吃不下。她逼著大姑再多吃點，還說別被她抓包等等又酗酒。

大姑聞言笑著又吃了幾口，「那個可愛的女孩偶爾會來看我呢。」

「以珊？來這邊？」

「偶爾陪我說說話，偶爾買點好吃的過來，她是個好女孩。」

「……我從沒聽她說過。」

「我讓她別告訴妳，我希望我不是妳要擔的責任，妳想來見我再來，而不是出於責任感。」

「她有說什麼嗎？」

「她說，妳過得很好，讓我別擔心……她說她會陪在妳身邊，她會保護妳。」

「傻子，誰需要她保護？」趙莎莎感覺眼眶有些發熱。

「時間過好快啊，初見妳的時候，明明只是個小豆苗而已。」

「我已經大到能賺錢讓妳過好日子了。」她又夾了一些菜放進大姑碗裡。

「那還眞是欣慰啊。」大姑笑著點起菸，笑的時候皺紋更加明顯，「所以妳今天爲什麼來了？」

毫無理由，就像孩子遇到危險就下意識地緊抓父母的衣角，躲進父母的懷抱，一切都是順應本能。

「因爲想到外頭的大榕樹越來越茂盛了。」

大姑就只是那樣盯著她烏黑的眼睛看，「這樣啊，妳也看見地獄了。」

趙莎莎沒反駁。她還在墜落，還不知道最可怕的景象是什麼，還不知道地獄的終點。

「所以我說過吧？在這該死的世界裡，沒有尼古丁和酒精是活不下去的。」

她被大姑說教般的語氣逗笑，「有，我有好好銘記在心。」

「莎莎，妳還年輕，別那麼輕易就死了。」她一派輕鬆地吞雲吐霧，卻好像什麼都逃不過她的雙眼。

「妳比較岌岌可危。」趙莎莎笑了，搶走女人手上的菸，同時想著這是在幫大姑著想呢，說不定少抽這根菸，她就可以多活幾個月。

原來這裡是她的避風港啊。

畢業後趙莎莎在附近的小廣告公司工作，她在事業上還是有一番成就的，進入公司三年後就升上組長。

李主任嘴上說討厭她，但還是惜才。他知道趙莎莎特別能做行銷企畫，鬼點子多、執行力高，重點是那副天不怕地不怕的態度，還有那張讓他害怕的伶牙俐齒，彷彿能撕碎所有阻礙。

「妳就是贏在那張嘴。」李主任故意氣她。

「我就知道您有眼光。」她故作感動地握住李主任的手，「識才的能力是眞的好，其他的不好說。」

李主任開始思考被氣出內傷能不能報職業傷害？

她和Daisy的關係不知不覺也延續了滿久，一開始是因爲寂寞，各取所需罷了，現在則是一種熟悉感。仔細算算也四年了，Daisy說她是自己關係維持最久的一個女人。

「人們總是喜新厭舊，別看我這樣，我總是被拋棄的那個。久了，大家就不想認眞了，反正都是玩玩，就我一個人在那邊認眞……」

Daisy鑽進她臂彎裡，繼續說：「我跟妳也只是玩玩，但妳有時眞的溫柔得讓我害怕，別讓我也成爲那種壞人。」

「說得好像我有多喜歡妳一樣。」她笑。

「既然如此，這張吐出殘忍字句的嘴，就別在吻人的時候那麼溫柔嘛！會讓我有一種被愛的錯覺！」Daisy氣得捏住趙莎莎的嘴巴。

捏著捏著兩人又吻到了一塊。

她還在向下沉淪。

彷彿沒有明天。

李廉的父母搬去南下養老了，山上太冷，他們年邁的身子耐不住冬天的嚴寒。小情侶正式接管那間老宅，他們重新裝修了一遍，窗戶外裝了欄杆，大門裝了密碼鎖，安全嚴密，聽說是李廉的父母交代的。二老很疼惜蔚以珊，怕山中危險，萬一出事要叫警察，還得等警察上山呢！

蔚以珊邀請趙莎莎來參觀，帶她逛了一圈後，湊近她耳邊，輕聲說：「我偷偷告訴妳大門的密碼啊，密碼是妳的生日！」

「你們兩人的家，設我生日當密碼幹麼？」

「嗯……做為大學時妳給我租房鑰匙的回禮？」蔚以珊笑了，「我只是希望妳不要客氣，把這裡當自己的家，有什麼事儘管來找我。」

「對了，還沒謝謝妳總會去看我大姑，她挺開心的呢。」

「那有什麼好謝的嘛。」

「眞的很感謝，畢竟我是個不孝女。」

「莎莎，我知道妳肯定不會再來的——」趙莎莎離開前，蔚以珊叫住她，「所以要是哪天妳來了，我們兩個就一起遠走高飛吧！」

這句誓言迴盪在山谷之間。

她在說什麼傻話呢，又再開這種讓她抱有希望的玩笑。

趙莎莎只是笑著反駁，「誰說我不會來的？」

事實上她還眞的不會去，他們不住市內後，彼此幾乎不可能碰面，若不是特別約，他們就像是兩條平行線。

趙莎莎曾以爲畢業後他們就會分手了，殊不知蔚以珊這輩子就是認定李廉了，再也看不進其他人。

李廉有次和她說，其實這樣的生活也沒什麼不好，他已經習慣得差不多了，他爸媽也挺喜歡蔚以珊，覺得蔚以珊是個溫柔又可愛的好女孩。他爸媽年事已高，也許再過不久他們就會順應長輩的期望結婚。

「太荒謬了，你眞的喜歡她嗎？」

「我喜歡她，但……還談不上愛。」李廉悶頭將杯子裡的酒一飲而盡，「至少這段期間的感情是眞的，我會對她好，這是我該負的責任。」

趙莎莎看著那雙桃花眼，發現裡頭終於沒有謊言。

她不禁想問：從謊言開始的愛情會有眞心嗎？

她一直期望會有，一直祈禱、一直等、一直等……

某天傍晚，李廉喝得醉醺醺的約趙莎莎見面，說想討論之後和蔚以珊結婚的事。當趙莎莎一打開旅館房間的門，撲鼻而來的就是酒臭味。

「你喝了多少？」

「就一點點。」

「一點點？騙鬼去吧！」她嫌惡地踢開地上一堆啤酒罐。

李廉呵呵地笑，笑完了就開始嘆氣，「我連戒指都買好了，可……我沒信心和她共度餘生，在那日復一日的寧靜生活中，我眞的沒信心……我沒有像她愛我那樣地深愛她。」

「如果你是這樣想的，就別結婚了，別傷害她。」

「那也不行……我爸媽已經認她爲媳婦了，天天催促婚事。她、她眞的是個好女孩，也很照顧我爸媽，就只是我的問題。」

趙莎莎煩躁地打開一罐啤酒喝，「她有什麼不好？你沒理由不愛她。」

她倒是想找一個不愛蔚以珊的理由都找不到。

「我不想要她，她是那樣溫柔懂事，像個稱職的好妻子，但我一點都不想要她。」

趙莎莎嗆了一口，酒精泡沫沿著嘴角流下，有些沾濕她的襯衫。

李廉看著那濕潤的嘴角，緩緩開口：「還沒改裝房子前，我們怕有賊進屋偷東西，所以玄關有裝監視器。然後我常常會看著那個風雪交加的夜，我們站在玄關接吻的畫面……放大來看，還可以看見妳緊抿的嘴唇和顫抖的指尖。」

她瞪大眼，無法相信自己聽了什麼。

「我看了一遍又一遍，瞬間就明白了，我想要妳。」

「瘋子！」她扔掉喝一半的啤酒，起身走人。

李廉伸手抓住趙莎莎，力道大到她無法擺脫。

她感到害怕，怒喊：「放手！再不放的話，今天的事我會和以珊講！」

「妳要講什麼？嗯？之前不是妳說什麼都別講的嗎？不是妳求我讓她活在美夢中嗎？現在妳倒要坦白了？還眞是活得隨心所欲！是妳把她變成一具任我擺布的洋娃娃！」

李廉將她壓在床上，感受到她害怕地顫抖，嘲諷道：「裝什麼高尚貞潔？明明常跑夜店找樂子。」

「你喝太醉了，給我清醒一點！」趙莎莎那雙黑白分明的眼忿忿地瞪著李廉。

「清醒？哈哈！現在是我最清醒的時候了，我很明白自己想要什麼，那在山中的日子才是眞正的混沌，消磨我的神智……妳是不是總覺得以珊很可憐？不，被迫選擇如此生活的我也一樣可憐！我們之中就妳最不可憐，妳很開心吧？一切都稱心如意，一切都照著妳的劇本走！」

「我沒有！」她喊。

李廉看著這雙不屈的眼，終於知道了，他想看見這個剛烈孤傲的女人被徹底毀掉，想讓這個高傲的女人低聲下氣地求他。他想知道她對蔚以珊的執著，能讓她做到什麼地步。

李廉撫上她的臉，拿出手機：「我現在就拍下這幅畫面傳給以珊。」

「你瘋了！」

「對，就當我瘋了吧。連同我們接吻的監視器畫面，我也要一起傳給她。」李廉一遍又一遍地重播片段給她看，「妳看，是妳先靠近我的，無論妳怎麼狡辯，都證據確鑿。」

趙莎莎伸手想去搶他的手機，卻被死死按在床上，手腕的骨頭彷彿要被捏碎了。

「求求你，別傳給以珊……」她絕望地說。

喀嚓一聲，閃光燈閃得她想流淚，她忽然就想起Daisy說的話。

「如果墜落到谷底的話，我們是不是就能一鼓作氣飛上去了呢？」

也許，她此刻就已經墜到最底端了。她偏頭用力咬了李廉的大拇指，對方吃痛地大叫一聲！

「交易！我們來做交易！」

「痛死了！妳能給什麼？」

「我什麼都能給。」趙莎莎笑著，解開襯衫的第一顆扣子，「作爲交換，把你手中的照片和影片刪了。」

「求我，妳求我，我就考慮看看。」

她伸出舌頭，討好似的舔了李廉剛剛被她咬傷的拇指。

一個一個都在比可憐，到底有完沒完？

那好，乾脆就讓她變成全世界最可憐的人。

趙莎莎看著李廉滿意地把手機中的照片和影片都刪了，伸手脫掉她的襯衫，她能感受到他指節間粗糙的繭，撫過她的腰、她的胸、她的肩，直至唇邊。

她感覺自己像是沉到了很深很深的海底，再也無法呼吸，動彈不得。

「你說過，擁有彼此的祕密，是世上最緊密的關係吧？」她用力抓著床單，指尖微顫，「我們現在是共犯了，開心嗎？」

李廉迫不及待地褪去她的內褲，插入她的身體時，她覺得彷彿有人拿著一把刀子，狠狠地捅進她的身子，想置她於死地。

曾經的趙莎莎是那樣意氣風發。

誰能想到呢？最後她也長成了懦弱無用、無可救藥的垃圾大人。

在李廉的擁抱與汗水中，頹靡的氣味混著酒味充斥在旅館房內，淚水緩緩從趙莎莎的眼角流下。她想，這裡一定就是地獄。

深夜時分，外頭下著傾盆大雨，Daisy一開門，就看見全身淋濕的趙莎莎。

Daisy將浴巾扔到她身上，開玩笑道：「妳還眞像深夜前來索命的殺人魔。」

見對方沒有笑，而且渾身酒臭味，Daisy覺得有些怪異，忍不住問：「發生什麼事了？」

知道趙莎莎一旦鐵了心，什麼也不會說，Daisy於是傾身抱住她，也不在意她全身濕漉漉的，拉著她的手，「我在這。」

那晚Daisy緊抱著趙莎莎睡覺，輕輕拍著她的後背，像在哄一個脆弱的嬰兒。後來，Daisy沉沉睡去時，趙莎莎心想，沒化妝時，她那副清純的模樣和蔚以珊更像了。

雨淅瀝淅瀝地下，直到日出時才停。她一夜無眠，起身把窗簾拉緊一點，輕手輕腳地下床。

「抱歉，我現在也要拋棄妳了。」她拿起濕衣服轉身離開。

她慢慢地踏下樓梯，不曉得下了幾層樓，手中的濕衣服不斷滴下水珠。她抬頭，看向樓梯間的小氣窗，外頭已是微亮的清晨，樹梢上一隻小雁鳥，用力振翅飛向天際，樹葉沙沙作響。

她又想起了Daisy的那句話，已經在谷底的她能不能一鼓作氣地往上飛？

「……我不知道。」她喃喃自語。

那天之後，她沒再去見Daisy了。

蔚以珊和李廉的婚禮訂在十二月，那天是長輩算好的良辰吉日。

蔚以珊興奮地發來訊息，問趙莎莎自己穿白的好看還是粉的？看著照片中試穿婚紗的美麗新娘，她回：「都好看，就是看起來很冷。」

從場地策畫和來賓位置的安排，他們忙進忙出。蔚以珊在節食，說那天一定要當世上最美麗的新娘，爲了拍出美美的照片，挨餓都值得。

看著蔚以珊幸福洋溢的笑臉，趙莎莎覺得自己所做的一切也都值得了……是這樣嗎？

她不確定，她覺得自己內心的天秤正在崩塌，像是宇宙大爆炸那樣，無聲無響。

尤欣似乎很擔心她，說那天要開車載她一起過去婚禮現場，她笑著說自己才不要當電燈泡。不論尤欣說什麼，她都堅持要自己去。

那天之後李廉打過好幾次電話給趙莎莎，她統統不接。於是李廉持續用訊息轟炸她。

「莎莎，求求妳接一下電話！」

「我那天太醉了，我很抱歉，我不是故意那樣……」

「不要和以珊講，求求妳，再過幾個星期我們就要結婚了……」

「要什麼賠償我都可以給妳。」

「就當作一切沒發生過，好嗎？」

她沒回覆，只是一個勁地截圖，想著他以後想賴也賴不掉。

趙莎莎有次去大學時他們常去的那間咖啡廳，隔著一面玻璃牆，她看見李廉和蔚以珊還有蔚以珊的母親坐在角落位置聊得好開心。

她看著阿姨親暱地握住李廉的手，笑著說了很多事……為什麼這幅祥和的畫面竟會如此刺眼呢？

高中那時，都是阿姨挽住她的手，笑著說：「莎莎啊，謝謝妳能和以珊這孩子成為朋友。」

那個人面獸心的傢伙憑什麼獲得幸福？

她筆直地朝他們走去，手腕卻轉瞬間被抓住。

「妳要破壞這一切嗎？」維妮問。

「維妮？妳怎麼在這？」

「剛好我哥在做婚禮攝影，等等要和他們討論當天的拍攝動線。」維妮抓住她手腕的力道加大：「妳看著李廉學長的眼神是那麼可怕，我不知道你們之間發生什麼事，但是，求求妳別拆散那兩個人，好嗎？」

「爲什麼？」

「就像妳希望以珊幸福，我也不過是希望學長能幸福罷了。」

她緩緩開口：「妳在一旁看著他們，都不會不甘心嗎？」

「反正搶也搶不贏。還能在一旁默默祝福，我就已經知足了。」

她自嘲，「看來是我太貪心了呢？」

「不管你們有過什麼深仇大恨，不能就此放下，當作一切沒發生過嗎？再過兩個星期他們就要結婚了啊……」

趙莎莎先是握緊了拳頭，然後又鬆開，突然覺得耳邊嗡嗡作響。

「這是正確的路嗎？」

「誰知道呢？」維妮笑了，「可如果裝聾作啞能讓全部人都獲得幸福的話，那一定就是正確的路吧？」

聞言，她看了座位上幸福洋溢的蔚以珊一眼，「別和他們說我來過。」

接著她轉身離開咖啡廳。

一個人走在車水馬龍的路上，也不知道走了多久，腿腳都麻了，趙莎莎看著眼前繁華的城市，第一次真正地覺得自己孑然一身。

霓虹招牌一閃一閃，照得她頭暈發昏。

這是最後一次。

最後一次，成爲庸俗小說中她最討厭的濫好人。

最後一次，乖乖闔上那副伶牙俐齒。

最後一次，愛一個人愛到如此卑微淒慘。

她拿出手機，點開李廉的訊息，手指微微顫抖地輸入：「好，就當作什麼都沒發生過。那晚的事，誰也別說出去，至死都要帶入棺材。」

委屈、無力、心有不甘，她統統都呑進肚子裡，就讓這些永遠藏在心底，直至腐敗潰爛。

婚禮前一天晚上，蔚以珊打電話給趙莎莎，「莎莎，我有很多話想跟妳說。」

「嗯，我在聽。」

蔚以珊停頓了一下才開口：「對不起，還有——謝謝妳。」

不去想蔚以珊講這些的緣由，她們誰都不說破，裝傻到底。

趙莎莎笑著回覆：「明天別哭啊，說好要當最美的新娘不是嗎？妳哭起來很醜。」

「我又不是愛哭鬼！」

她緊捏著手機，「以珊，妳幸福嗎？」

「嗯！」電話那頭的她笑得好開心，「現在的我真的好幸福喔。」

「……太好了。」

「莎莎，謝謝妳出現在我身邊，朝我伸出了手。」蔚以珊有點哽咽。

「笨蛋。」她輕笑了幾聲，「是妳先對我伸出手的。」

婚禮當天趙莎莎很早就到了，還一反常態地化妝、換上洋裝。

她站在婚禮的入口，在賓客登記處簽名。會場布置得很漂亮，純白和嫩粉的氣球點綴，外頭擺滿了花籃，裡頭播放蔚以珊鍾愛的老歌——莫文蔚的〈如果沒有你〉。

如果沒有你　沒有過去　我不會有傷心
但是有如果還是要愛你

如果沒有你　我在哪裡　又有什麼可惜
反正一切來不及　反正沒有了自己

她在入口猶豫了半晌還是沒有進去，轉身朝著人潮移動的反方向走，重新發動車子駛離現場。

一路上她的手機不停震動，蔚以珊、李廉、尤欣一直輪流打給她，尤其是蔚以珊，一通一通地撥，不願放棄。

隨著時間流逝，手機漸漸沉寂下來。

她默默想著：婚禮應該要結束了吧？不知道以珊有沒有哭？肯定有的吧，她就是個愛哭鬼……

最後，趙莎莎把車停在了北海岸，她抬頭看那個壯觀的燈塔，冰冷的海風吹得她臉疼，海潮輕輕拍打著沙礫，海鷗在天空盤旋。

尤欣拍了幾張婚禮的照片給她，最後傳來的是張大合照，蔚以珊笑得甜美動人，旁邊的位子卻空了一塊。而後她又傳來一則訊息：「那是以珊特地留給妳的位子。攝影師說這樣拍起來不好看，以珊卻很堅持說沒人能坐那個位子，離她身邊最近的地方，從來都是屬於趙莎莎。」

趙莎莎看著那張照片，幾滴眼淚滴在螢幕上。

在空無一人的海灘，她終於像個孩子一樣放聲大哭。

那天在海邊哭完後，趙莎莎的腦袋無比清醒，決定要一刀兩斷，斬斷所有愛恨情仇。

蔚以珊想去找她，還問她喝台啤好嗎？她沒回覆，只是走到家樓下等待。

趙莎莎靠著車子，沉默地抽著菸，一根又一根，抽得可凶了，拖鞋旁都是菸的屍骸，她一腳全將它們踢進水溝蓋裡毀屍滅跡。

她明明知道蔚以珊討厭菸味，卻還是事不關己地抽著。

一旁的蔚以珊紅著眼眶，忿忿瞪著她，偶爾被菸味熏得咳了幾聲。

省略了前因後果，她開口：「我們再也別見面了，我累了。」

就讓所有快樂悲傷到此爲止，不要再繼續了好不好？

蔚以珊沒想過自己帶著啤酒興高采烈地來，卻換到這麼一句話。

「爲什麼？」

「原因還要一五一十告訴妳嗎？這點也令人厭煩。」

趙莎莎抽完一根又點燃下一根菸，她還可以講出更多傷人的話，她確信自己辦得到。

蔚以珊面色蒼白，開口想說什麼，最後只是擠出一句，「妳眞自私。」

她看著她把那袋啤酒扔到地上，頭也不回地走了。

自私嗎？就當是這樣吧，原諒她像個膽小鬼般逃走，在這混沌噁心的世界裡，她只想逃得遠遠的，不想再有所牽扯……

這樣就好，就這樣結束，不藕斷絲連也不離情依依。

她彎腰撿起那些啤酒，當作是分別的禮物。

夜長夢多，對趙莎莎來說，大半還都是噩夢。

她還是會不斷想起在昏黃旅館的那夜，濃厚的酒味和汗味、在她體內戳刺的性器、李廉上勾的眼尾……

睡醒不久，她又接著做下一個夢。視線所及是滿地鮮紅的血，爸爸媽媽在翻覆的車內，斷斷續續喊著救救我……然後又夢到了蔚以珊，她忿忿不平地瞪著自己，「妳眞自私。」

近乎半年睡不好，趙莎莎覺得自己有天大概會因此暴斃。可奇怪的是她並不害怕死亡，甚至覺得哪天突然被車撞死了，應該也沒什麼遺憾。

所以那天她在公司暈倒，被送進醫院再次醒來的瞬間，她想的是——死了該有多輕鬆。

同事們很擔心趙莎莎的狀況，紛紛來探病。宜雯哭喪著臉說自己肯定會成長到能幫她分憂、老劉眼角有淚讓她別逞強、李主任嘻嘻哈哈地送雞湯來，說是路上撿的……她笑著說又不是死了，大家怎麼這麼大驚小怪，她能多休息幾天可開心了。

尤其李主任待她很好，如親生女兒一樣，嘴裡雖沒半點正經話卻最照顧她。所以那天在夜市烤肉時，她差點就把她那荒誕淒慘的單戀故事一五一十全都說了，又或許她只是想要有個人來幫她分擔一切。

可話剛到嘴邊，趙莎莎後悔了。

畢竟不是多光彩多好聽的故事，還是不要說了。

在擁擠喧鬧的人潮中，她想，她果然還是很討厭逛夜市，因爲就算和大家一同笑著，她也並不是眞正的快樂。

主任讓她放兩個月的假好好休息，趙莎莎就眞的幾乎足不出戶。

營業部的克強傳訊息來逗她開心、關心她身體狀況，她卻沒來由地感到害怕，徑直把手機關機。意識彷彿又被拉回到那個雨夜、那個她無力掙脫的擁抱。

她以前可以和男孩子打成一片，和阿豪那群兄弟天天膩在一起玩，從沒像這樣感到不舒服過。

現在一個擦肩而過的年輕男性都能令她恐懼。

李廉把她害得可眞慘吶！可是他居然可以心安理得地過著幸福的日子？

這不公平，一點都不公平。

一樣是把祕密爛在肚子裡，他幸福美滿，她卻是直直墜入谷底。

維妮說過，只要她噤聲不語，全部人都能獲得幸福。

於是趙莎莎把話全都吞進肚子裡。現在大家都幸福了，大家都不斷向前走，只剩她一個人還在原地打轉，像繞入了死胡同，沒有出口。

某天午後，她出去繳電話費，回程途中經過花店，看見外頭擺著嫩黃鮮豔的雛菊，花開得淘氣可愛，花瓣在陽光下閃閃發亮，一眼就能瞧見。

風一吹，空氣中就散發著淡淡清香，花店老闆照料得很好，它們開得健康茂盛，看起來活力充沛，討人喜愛。

希望Daisy此刻也能在陽光下微笑，趙莎莎想。

如果再次相遇的話，她想回答Daisy的問題——不是喔，不是每個人落到了谷底，都能用力蹬腿往上飛。也有的人會困在谷底，再也爬不出來，就像她一樣。

她走進巷弄中的雜貨店，買了一綑麻繩，找零的錢統統投入了捐款箱。

回家後，她整理了自己的存款，有些自嘲地笑了。抱歉大姑，不孝女如她真的不太會掙錢，剩下的就只有這麼一點，可能得省吃儉用了。

她想起了在小陽台上和大姑的對話。

「那時……我是說跳下去那瞬間，妳在想什麼？」

「什麼都沒想喔，就是覺得，啊，是時候了。」

「我還以爲會有人生跑馬燈呢！電視劇都那樣演。」

「……死亡並沒有多特別，它有可能發生在一個普通的月夜，或是某個平凡日常的早晨，今天的我怎麼知道明天的我會不會死呢？」

啊，是時候了。

今天就是一個一如往常的黃昏，外頭夕陽西沉，火紅得像顆滾燙的火球，像是來迎接她的地獄業火。

趙莎莎想到了高中有次和蔚以珊走在路上，蔚以珊拿起紅色玻璃紙，瞇起眼看遠方。

「莎莎妳看呀！這個世界像著火一樣。」

如果知道面前就是地獄，她還能這樣泰然自若地走過去嗎？她那時想，不可能吧？又不是傻子，都不害怕的嗎？

當時她不曾想過多年後的自己，就那樣一腳踏入地獄了，走得太遠太遠了，沒有退路。

她是怎樣從那個連海水都怕的小女孩，走到了現在這樣沾滿罪孽的模樣呢？

趙莎莎笑了，這個絕對是人生跑馬燈吧？大姑還說沒有呢！

把纖細的脖頸套入繩圈之中，她果決地踢翻椅子。

麻繩承載不住她的重量，斷了。

她用盡全力哭泣，發出小孩子般的嗚咽，在地上蜷成一團，希望自己能消失不見。

斷掉的繩子在眼前晃來晃去，她顫抖著身子爬了起來，從外套口袋摸出菸盒，顫顫巍巍地點火。尼古丁讓她稍微鎮靜下來，但是吸一口後馬上就用力咳嗽，像是要把五臟六腑都吐出來一樣。

呆看著夕陽西沉，喉嚨的不適感緩了下來，趙莎莎抹一抹滿臉的淚水鼻涕，覺得自己又滑稽又絕望。

「哈哈哈……連地獄也不想收了我。」既然如此，她下定決心，該了結這一切。

從那天起她不再澆水，看著那雪白的風信子日漸枯萎、失去光彩，最後死去，她把山山扔進垃圾桶裡。

她打好訊息：「山山死掉了。」

猶豫半晌還是沒發出去，拒絕沉淪在回憶中，她一鍵將對話紀錄全刪了，徹底抹除自己存在過的痕跡。

她要好好過生活。

她要用力掙扎爬出谷底。

她太討厭因爲蔚以珊而停滯不前的自己了。

蔚以珊很討厭下雨天，她說：「下雨的時候覺得自己一個人特別寂寞。」

高中那時到了梅雨季，蔚以珊抬頭看著陰鬱的天空沒說話，空氣潮濕難耐。趙莎莎只是伸手揉亂她的頭髮，油嘴滑舌地開玩笑：「但我不討厭下雨天，因爲這樣我們就能撐同一把傘回家了。」

蔚以珊笑著擠進傘下，「這樣啊，那我會試著喜歡看看的。」

雨淅瀝淅瀝地下，當時她在傘下承諾，未來每個下雨天她都會陪在她身邊，現在想想，其實那也不過是一時衝動說出的情話罷了。

多年後，一樣壓抑的雨天，趙莎莎沒想過會再遇見蔚以珊。

蔚以珊狼狽的模樣讓趙莎莎很心疼，她脫下自己的淺灰色西裝外套披在她肩上，撥開她黏在臉頰上的髮絲，水珠從她長長的眼睫毛尖滴下。

看吧，她逃到哪，蔚以珊就出現在哪，這輩子都沒完沒了。趙莎莎以爲自己應該很生氣，氣自己的決心變得可笑至極，但其實她心底是開心的，簡直無可救藥。

她們一前一後地走在雨中，滂沱大雨裡沒有誰孤單一人待著，也算是履行諾言。唯一不一樣的是，這次她們誰也沒有傘了。

每次趙莎莎想丟掉什麼，蔚以珊就偏偏要撿起什麼……例如原來要留在舊套房的拍立得照片、塵封已久的白色花朵髮夾，丟了山山，又來個山山二號，總有各種東西證明蔚以珊存在過，無法完全抹除她的痕跡。

新的風信子是紅色的，取名叫山山二號。紅色風信子的花語是「感謝你的愛」，天知道蔚以珊是不是有意選擇這個顏色？

趙莎莎常常覺得蔚以珊懂了一切，又常常覺得她什麼都不懂。

她看著蔚以珊用那只髮夾攏起額前的碎髮，雪白的小花實在白得晃眼，就像曾經在她舊套房陽台上獨自盛放的白色風信子，淡雅潔淨。

只是它最後也枯萎了，如同她那不像話的初戀。

落日餘暉中，萬家燈火一一亮起。

「妳要跟我一起下樓嗎？我是說……或許妳可以和阿廉打個招呼，你們也很久沒見了……」

「我不想見他，我說過了。」

「對，妳的確說過……我忘了。我只是很懷念大學時我們三個人一起玩的時光，那時候的我真的好開心。」

「妳該下樓了，別讓他等。」

「我希望妳幸福，妳是個值得被人疼愛的人。如果妳還願意來找我，大門密碼還是一樣，我和妳說過……」蔚以珊頓了頓，「我走啦，趙莎莎。」

趙莎莎沒有轉頭，依舊看著夕陽沉默地抽菸，後方也沉默了很久，像是在等待她的隻字片語，直到得不到回應，才傳來輕輕關門的聲音。

夠了吧？還要逼她躲去哪？她早已無處可躲。

四季更迭，轉眼又是寒冬。

趙莎莎買了幾件冬衣給大姑，卻發現大姑身上披了張新的雪白毛毯。

「妳什麼時候新買的？買白的不怕髒嗎？」

「是那個女孩送的，她昨天來見我了。」

「以珊？她過得好嗎？」

大姑嘆氣，「她說她的丈夫並不愛她，早在結婚前，她就一清二楚了。她說他們分手過一次，後來復合時，她就明白了，眼神是騙不了人的。我問她明明知道，爲什麼還要在一起呢？這不是互相折磨嗎？她只是笑著說沒有什麼比孤身一人更可怕了……她就只是個裝睡的人，而裝睡的人是永遠叫不醒的。」

「所以她早就知道了……」趙莎莎一身冷汗。

「那女孩的眼神，是看見了地獄。不，或者早在她結婚前，她就已知曉地獄存在，卻還是一腳踏進去了。」

「怎麼可能……」那麼愛哭的蔚以珊，怎麼可能在知曉眞相後還一聲不吭？

「她說了很多，我第一次見那女孩說這麼多話。她說自己這輩子都是個累贅，唯一有貢獻的事，大概就是自己成了研究對象，那份研究論文好像幫助她丈夫取得大學教授資格了。但我問她那是什麼研究，她又不肯說。」

聽到這，趙莎莎再也坐不住，感覺眼前一黑。

「她還說，她自己醒不來，要是有人將她拽出那場虛假的美夢就好了。」大姑轉頭看她，「她說給了妳大門密碼，要是妳能去的話……」

「所以要是哪天妳來了，我們兩個就一起遠走高飛吧！」

老宅裝修好那天，蔚以珊笑得猶如冬日暖陽，她說的那句話並不是謊言，是她給的承諾和求助訊號。

一腳踩下油門，趙莎莎不要命似的狂飆。

她又想起了最後分離的那個傍晚，蔚以珊說完「我走啦，趙莎莎」之後，停在原地等待。是希望她說出一個遲來的道歉、一份合理的解釋，又或是希望她開口挽留，叫她別走呢？

不管怎樣，肯定都比沉默不語來得好。

然而，最後蔚以珊什麼也沒等到，輕手輕腳地關上門走了。

她連離開也那麼溫柔，小心翼翼得像個傻子一樣。

趙莎莎一邊開上蜿蜒的山路，一邊無法遏制地掉眼淚，她眼前模糊一片，不知道是因爲淚水糊了滿臉，還是因爲山上霧氣實在太重。

山腰已經開始飄雪了，她開進那一片銀白世界。

趙莎莎跌跌撞撞地跑下車，積雪厚重得讓人有些寸步難行，但她仍然沒有停下腳步。狼狽地來到蔚以珊家門前，她敲了幾下門，沒人回應。

也不去考慮有沒有人在裡頭，她沒有一絲猶豫就輸入密碼。

「滴哩」一聲，門開了，裡頭很安靜。

「有人在嗎？」趙莎莎喊。

偌大的空間甚至還有些回音，老舊的日式建築沒開燈，看起來有些陰森，她抬頭看見玄關那只害慘她的監視器，「嘖」了一聲，往裡頭走去。

鞋櫃裡的鞋排得整整齊齊，木板擦得一乾二淨，傢俱擺放得一絲不苟。那張獨缺她的結婚紀念照，被放大裱框掛在客廳裡，照片中的蔚以珊身穿白紗，笑得幸福洋溢。

然而看久了就會覺得她雖然在笑，眼神卻像在哭。

「有人在嗎？」她又喊了一次。

外頭的雪漫無天日地下。

趙莎莎走到了臥房前，門沒關，僅是輕輕靠上，一推就開了。

空氣中有淡淡的小蒼蘭香味和油漆味，映入眼簾的先是女孩潔白的雙腿，再來是她握在手心中那只染紅的花朵髮夾。

蔚以珊看起來睡得很沉，她輕輕撥開她額前的碎髮，她發現她體溫低得嚇人，想著，天這麼冷也不蓋件被子。

趙莎莎望著那個變成鮮紅色的髮夾，如同山山二號一般火紅，疑惑道：「怎麼弄成這樣了？」

髮夾上的紅色是凹凸不平的油漆，味道還很刺鼻，像是今天才漆上的。

「起床了，哪天小偷闖空門，妳也要睡這麼熟嗎？」她輕聲道。

蔚以珊不為所動，她差點就忘了，她睡覺時近乎沒有呼吸，安安靜靜的，像個白瓷娃娃。

趙莎莎的視線落在床頭櫃，那裡擱著半杯水和空掉的藥罐。

「起床了，以珊。

「快起床，別嚇我啊……

「快醒來！以珊！蔚以珊！」

趙莎莎終於聽見了雪落下的聲音。

那是萬物消亡的聲音。

她的女孩，沉睡在那個萬籟俱寂的冬天裡，一覺不醒。

七、枯萎

李廉最先學會辨認的顏色是白色，純潔無瑕的白，他以為世界就是那樣子，純白、安靜、無聊。

比起生來就是如此，他更像是被這座山困住了，找不到出去的路。

裊裊炊煙中，那道把白雪熏黑的煙特別顯眼，他看得出神，直到被人從後方叫住。

「李廉！」

回頭，他看見是住比他更靠近山頭的兒時玩伴——阿福。他個子小小的，滿臉雀斑，膽子卻比天還大。

「李廉，河面結冰了，去看嗎？」

「去！」

阿福是李廉在這無聊日子裡的解藥，是冬日裡的暖陽，是童年時代的他最好的朋友。

那年他十二歲，他在河面上小心翼翼地走，阿福倒是健步如飛，他在後頭窮緊張，「別那麼大力啊！冰面碎了怎麼辦？」

「怕什麼！」阿福笑得狂妄。

也許是那句話起了作用，李廉鼓起勇氣，小跑步想追上阿福的背影……「啪嚓」一聲，冰裂了，他的左腿直接陷入冰冷的河水裡！

「哇啊啊啊啊啊！」李廉雙手撐著冰面，鬼吼鬼叫。

阿福逆著光跑來，朝他伸出手，「你還眞衰。」

他有些生氣地握住那隻手，凍得說不出話來，只記得阿福的笑容特別野、特別狂妄、特別自由，彷彿他是無拘無束的風。

李廉相信，阿福一定能離開這座該死的山。

暴風雪來的日子，家家戶戶嚴鎖門窗，媽媽叮囑他，「你別偷跑出去，外頭雪白一片伸手不見五指，肯定找不到回家的路，不要冒險。」

但誰能放過這種冒險的好日子？反正阿福鐵定不放。

李廉房裡的窗被敲響，他向外看，發現阿福正拿小石子扔他的窗。

阿福喊：「出來嗎？」

理智告訴他別去，可那該死的冒險家精神壓過了理智。

他心一動，爬出了窗跳進厚厚的雪堆中。他們咯咯笑著，往深山裡跑，也不知道害怕，不知不覺走了很遠。

風雪不斷撲在臉上，感覺臉都要凍裂了，他又餓又冷，「要回家了嗎？」

雖然還沒玩夠，不過阿福倒也沒想拉著朋友犯險，「走吧！」

他們沿著原路回去——事實上，李廉連哪邊是原路都分不清了，反正阿福說是這邊，那準沒錯。

走了很久以後，遠遠可以看見他家燈火通明，在風雪之中那棟溫暖的木屋特別顯眼。肚子又餓得叫了，李廉邀阿福留下來吃晚餐，並笑嘻嘻地說他家今晚大概有玉米濃湯……

冷不防踢到一根大樹枝，腳一歪，李廉往一旁跌倒。不巧旁邊是個大斜坡，他就那樣滑了下去，阿福伸手去抓也抓不住，小小的身子也跟著一同滑落。

也不知道滑了多久，李廉落到了一片平地上，他顫抖著身子爬了起來，他害怕得哭了出來，「有誰……有誰在……」

回應他的僅有耳邊呼嘯猛烈的風雪，阿福也不知道去哪了，他早已嚇到腿軟，起身走了幾步就癱在雪地上。

天太暗了，遠方有道溫暖的燈火，很像他家的木屋，他也不管到底是不是，反正先過去再說。他連跑帶爬地移動身子，一邊哭得一塌糊塗。

李廉運氣很好，也或許是因爲積雪實在太厚，他滑下來時沒撞上什麼大石塊或樹枝，四肢僅有些許破皮。

結果那眞是他家沒錯，他哭著摔進家門、摔進爸媽的懷中、摔進溫暖的燈火和飯菜香味裡，然後哭喊著：「阿福、阿福回來了嗎？」

從此之後，他記憶中那蓊鬱蒼翠的山，就成了會吃人的怪物。

不只會將人吃乾抹淨，還連一點骨頭都不吐。

他的兒時玩伴再也沒回來過，阿福在那場暴風雪中永遠消失了。

成年後，爸媽如李廉所願，將他送出了山。

會不會再回來？他不曉得。

他極其平常健康地長大了，活在平穩安全的日子裡。

李廉身邊有不少朋友，也有過幾個愛人，人們口中的他爽朗陽光。然而沒人知道在午夜夢迴裡，他會哭著醒來，覺得自己還是十二歲的小男孩，困在那場暴風雪裡掙扎著尋找出路。

阿福的聲音迴盪在風雪中，指責他，「爲什麼只有你活下來了？你這個自私鬼！都是你害死我的！」

他並沒有人們口中的那樣完美強大。

明明已經脫離那日復一日的山間生活，他還是會對這平穩的日常感到厭煩。好奇怪，就像他從沒逃離那座山一樣。

李廉偶爾還是會回去祭奠好友，想著：抱歉，明明最有能力離開這座山的人是你，爲什麼最後只有我一個人走了呢？你明明才是那山間的風、天空盤旋的野鳥。

然後他看見了另一道風——她的眼裡有自由、有一股不羈的野性，還有點瘋狂，隨心所欲的樣子像極了阿福。

一開始李廉還覺得肯定是自己眼花，或是對方太醉了。

他愣了好一陣子才回過神。

扶著醉醺醺的她上車時，他想，怎麼可能呢？在一個喝醉的人身上圖什麼？圖一個摯友的影子嗎？自己大概心裡也有點病了。

李廉很快就忘了這件事。

之後他的身邊多了個叫蔚以珊的學妹，清純可愛，像不沾泥塵的白蓮花。她那小心翼翼想討好人的模樣，像極了以前沒自信的自己。

當初若不是阿福總來找他玩，他就是其他孩子口中那孤僻陰沉的男孩。

不知道是不是出於同情，反正他就把她留在身邊了。他認爲沒什麼不妥，反正每天看著一個這麼可愛女孩，他心情也好。

有次蔚以珊來看他打籃球，他遠遠就看見球場邊那個孤零零站著的女孩。儘管她肯定也和其他犯花痴迷戀他的女生一樣，膚淺又無聊，他還是忍不住多留意那個嬌小孤單的身影。

旁邊的隊員發現了，開口：「是那個和你一起做報告的學妹？很可愛耶！」

「喔。」李廉滿不在乎地回應。

「她沒有男朋友吧？還是你要對她出手？沒有的話，我可以跟她認識一下嗎？」

「可以啊，我幫你介紹。」他反手又是一個投籃。

比賽結束後，他拉上隊友，問蔚以珊等等要不要一起吃飯？

蔚以珊臉上紅彤彤的，有些不自在地捏著裙擺，卻沒有拒絕。

他瞬間意識到這女孩喜歡他。

旁邊一群女生湊過來問：「學長！你們是什麼關係啊？什麼時候認識的……在交往嗎？」

他還沒開口，蔚以珊就說：「怎麼可能，我這種人怎麼會是學長的女朋友嘛……別誤會，我們只是一起做報告。」

蔚以珊低著頭，像隻受傷的小動物。

李廉一下子就想到了過去孤僻內向的自己，當時他被一群人圍著，領頭的男孩問他：

「你眞的和阿福是朋友？好奇怪呀，阿福怎麼會想跟你玩？」

「對啊，阿福那麼活潑有趣，怎麼可能？」

「你這個陰沉男！」

在那些充滿惡意的童言童語中，他全身發冷，低著頭，不敢直視任何人的雙眼，心虛地開口：「沒、沒有啦，阿福只是偶爾跟我搭話，我們不熟……我這種人怎麼會是阿福的朋友嘛。」

回憶戛然而止，他的心顫了一下，拉走隊友，對蔚以珊說：「抱歉啊！不吃了，下次再約。」

太像了，蔚以珊和他實在太像了。

他想對她溫柔，究竟是異性相吸？還是他只是想拯救兒時自己那受傷的心靈呢？相處時間越久，李廉越是摸清了蔚以珊自卑的性格。對她的情感也越來越複雜，她就像是他的兒時縮影，揮之不去。

他討厭回想起那個自卑又渺小的自己，卻又可憐她、心疼她。

蔚以珊那雙琥珀色的眼睛，委屈起來就像是可憐巴巴地渴求主人關愛的小狗，讓人忍不住施捨更多。

是啊，施捨。

如果情感真的可以用「施捨」的呢？

李廉看著手上未完成的論文，突然就有了想法。

「沒必要感到罪惡，想要什麼就抓住不放，就是人的本能啊，又不是殺人放火，妳怎麼就把自己活得像個罪犯呢？」

「我怎麼可以心安理得的……」

「想被愛錯了嗎？這世上每個人都想要被愛。」李廉笑著，說出惡魔般誘惑的話語，「活得更自私一點吧。」

他太明白了，明白什麼話能將蔚以珊套得牢牢的。

她無非就是希望，有人能夠連她脆弱不堪的一面也全盤接受。

就像那個曾經的陰沉小男孩，為了抓住陽光，一把將阿福拉進了風雪中一樣。

妳也那樣做吧，以珊。我們一起變成十惡不赦的罪人，這樣就誰都不孤單了。李廉在心中無聲地說著。

後來，他又見到了那個女人——蔚以珊的摯友。她站在人行道尾端，高眺清瘦，穿得隨性自然，正不疾不徐地抽菸，同時直直望著這邊。

他忘記自己說了什麼，那女人回應：「開玩笑的，她一個勁地炫耀你呢。」

她笑起來的時候更野了，有點囂張又有點隨性，卻不會令人反感，這讓李廉想到在那日復一日的山中，抬頭望見的野鳥。

對，這女人就像是野鳥，自由灑脫。

他們或許能成為好朋友，應該說，他希望他們能成為好朋友。但那女人一點也不領情，甚至還討厭他。

一開始李廉有些茫然，後來他就看明白了，她對蔚以珊那份變質的、無從訴說的感情。

所以當那女人質問他論文報告的事時，他腦袋很冷靜，想的是要怎樣才能緊緊抓著眼前這個人？朋友不行、情人不行，那共犯總可以了吧？

就算淪落至此，她那雙眼還是倔強不屈，又野又狠。

「妳選吧！妳要成爲一個坦白從寬的乖寶寶，還是和我一起成爲共犯？」

反正他早已是個罪人，不介意再多背一條罪刑，更不介意將其他人推入地獄。

他們這種人的本質就是如此惡劣。

他看見趙莎莎拳頭握得緊緊的。

「不，我們是敵人。」她說得斬釘截鐵。

李廉笑了，敵人也不錯。

蔚以珊是他的武器，是他用來綁住趙莎莎的武器，他可以對蔚以珊要多好有多好。不管是虛假的愛或是信手拈來的甜言蜜語，他統統都能做，他可以慷慨地施捨，玩一場眞實的戀愛遊戲。

蔚以珊深愛著他，沒有一絲懷疑，永遠用澄澈的眼睛看著他。她越來越快樂、越來越自信了，這是他的功勞對吧？他覺得彷彿也拯救了當年的自己，用力將那個小鬼頭一把拉出暴風雪。

趙莎莎說這是錯的。

不是的、不是的。蔚以珊的心終於完整了，這怎麼會是錯的呢？

他的報告進展很好，一切都在軌道上。

蔚以珊說想去山上看雪，李廉本想拒絕，猶豫半晌，還是答應了。

抵達老家時，他並沒有產生什麼久別故鄉的情懷，入眼的一切都還是他記憶中的樣子，很美，也很可怕。

蔚以珊很喜歡這裡，他覺得有點不自在。當她指著那片白雪跟他說這裡好美好浪漫，她想永遠住在這邊時，他全身起滿雞皮疙瘩。

夠了吧？放過他，這可是他討厭的噩夢呢！談何浪漫！他願意待個幾天已經很夠意思了。

然而奇怪的是，在蔚以珊訴說的單純的憧憬裡，他漸漸不討厭這漫無天日的下雪天、無聊簡單的山間生活，連噩夢也越來越少做了。

有次蔚以珊發現他做噩夢，便緊緊牽著他的手，低聲吟唱一曲民謠，輕輕拍著他的後背。

「這是什麼歌啊？」

「不知道，是奶奶教我的。」

「好奇怪，心情平靜下來了。」他喃喃道，同時腦海中阿福的臉漸漸變得模糊。

「如果你感到不安的話，我會一直哼著歌，直到你入睡。」

蔚以珊和李廉十指緊握，她淺淺地吟唱，他逐漸感到眼皮沉重。

她輕輕撫著他的臉頰，「阿廉，我最喜歡你了。」

良心遲來地隱隱作痛，李廉裝作沒聽見，假裝自己正熟睡著。

他在心裡默默懺悔：以珊，妳真好。對不起……

往後，李廉不再掙扎著醒來。

昨天李廉和蔚以珊堆雪人、打了場雪仗，就連摘個野菜，她也笑得挺開心。

他懷疑是不是自己做什麼蔚以珊都會心滿意足地笑，說實話沒有哪個男人被女生這樣喜歡著還能不動心的。他的確喜歡她，但也僅止於喜歡，喜歡她的單純天真，覺得女孩就像白雪，不帶雜質，簡簡單單。

這樣的相處模式也挺舒服的，他暗忖。

偏偏人的本性就是貪心，總是會忍不住去看自己無法擁有的，而不好好珍惜近在身邊的事物。

李廉想要那個像野鳥一般的烈女子，想得走火入魔。

得出分手的結論很快，實行起來更快，蔚以珊太乖巧了，李廉覺得就算自己提分手，對方也會乖乖地說好，就此永別。

他的論文進度差不多了，接下來的部分沒有蔚以珊也無所謂，已經沒必要再玩戀愛遊戲。他可沒想真的走到最後，畢竟走得越遠越難收手。

他逐漸被愧疚感吞噬，他知道，自己一開始想得太簡單了，他真的沒想毀掉蔚以珊的一生。

李廉正式提出分手後，蔚以珊乖乖地沒說話，他也就心安理得地回房，沒想到她竟轉身果決地走入風雪。

瘋了！她簡直瘋了！

李廉跑出去看，發現她的腳印早已被雪花覆蓋，雪地之上空無一人。

他禁不住顫抖，想到了兒時那片暴風雪——撲在臉上又急又冷的風、急速下墜的恐懼、最後見到的阿福的神情……

不要！他不要蔚以珊從此消失在風雪裡！

「以珊！以珊！」李廉喊了幾聲，又打了對方的手機，卻不斷進入語音信箱。

他這才知道蔚以珊看似柔弱，骨子裡卻瘋魔又執拗。

李廉用顫抖的手指撥電話給趙莎莎，他想，蔚以珊應該會去找她……

不能出事，不准出事！他在一片皚皚白雪之上，不斷祈禱，絕望地喊著她的名字，一遍又一遍。

看來他也老了，總是想起往事。

生活不就是由柴米油鹽組成的嗎？平淡如常。只是他這人比較渣一點，從沒好好珍惜，連爸媽的身體越來越差了也沒發現，當他們被送進醫院裡搶救回來，李廉才懂得害怕。

爸媽牽著他的手，「阿廉啊，你什麼時候才要和珊珊結婚？我們就盼著這一天呢，別讓我們等不到……」

「別說這種話，您們要快點好起來啊！」

「阿廉，要是能看見你們結婚，我們這輩子就沒有遺憾了……」

他啞著聲說：「那就年末吧，蔚以珊喜歡下雪天。」

婚前李廉犯了錯，他裸身躺在空無一人的小旅館裡。酒醒了，他腦袋都涼了。

他害怕這一切平穩的日常生活全都會被毀掉，怕得夜不能眠。

幸好趙莎莎把這一切當作交易，答應死守祕密……他差點就拍手叫好！

太好了！他再也不用擔心受怕，反正趙莎莎大概是個夜店玩咖，對她而言也只是和男人睡一晚罷了，不是那種醒了哭著要他負責的麻煩女人。

他即將要有一個家庭，有一個死心塌地只愛著他的老婆。

爲此，他會好好守住這個祕密。

李廉挑了一只細框素淨的戒指，上頭鑲著小鑽石，簡單高雅，宛如那女孩的氣質，他說：「我們結婚吧。」

「爲什麼……這麼突然？」

「我爸媽就盼著這一天，我怕他們看不到，想讓他們放下心來，如果妳覺得太急……」

「不急。」蔚以珊兀自戴上了戒指，低垂著臉看不見表情，「他們對我很好，我也不想讓他們擔心。」

相處久了，李廉也更加了解蔚以珊，他查覺到她其實沒那麼開心，有些心虛地問：「妳反悔了嗎？」

不一會兒，她抬頭露出平時的笑臉，「才沒有，我只是太開心了！」

他懸著的心終於放下。

婚姻對李廉來說是棋子，他這人就是混蛋，什麼都可以利用。反正這樣的生活也沒什麼不好，他也不再年輕，早過了愛玩、愛自由的年紀。

那件事後，趙莎莎淡出他們的生活，他現在想起她也沒什麼感覺了，也不曉得自己當初著什麼魔非得擁有她才甘願。

現在提起這個名字，他更多的是害怕，怕對方有一天會將祕密公諸於世，毀了這場平淡安穩的婚姻生活，像顆未爆彈。

他現在只想成個家讓父母放心，父母很喜歡蔚以珊，蔚以珊也很愛他，還會是個稱職溫柔的好老婆。就這樣吧，這樣的人生已經夠好了，他不再奢望更多。

所有舊事都會成爲過往雲煙。

他們共同打理這棟老宅，蔚以珊在花圃裡插滿了風車，也沿著房子外圍插了一圈，風一吹它們就急速旋轉著。蔚以珊一個一個地塗上紅色油漆，耐心又仔細。

「爲什麼是紅色的？」李廉問。

她愣住，想到趙莎莎也問過相同的問題，在她送出山山二號的時候。下意識想說的話到嘴邊，被她吞了回去。

「紅色的多鮮豔，山裡能見度低，雪下得大的時候，你遠遠看見鮮紅的風車，就知道我們的家在哪裡。」

李廉笑著，「好棒啊，那我就不會在風雪中迷路了。」

他想，蔚以珊是眞的細膩溫柔，是自己太有福氣才能遇見她。

蔚以珊站起身，一旁高高的雜草卻勾住了她的髮夾，用力一扯，那只雪白的髮夾撲通一聲掉進了紅色油漆桶中。

她急忙去撈，但那只髮夾已經覆了層刺鼻的油漆，表面凹凸不平。

「哎呀，下班回來我再幫妳買新的吧！」

「……不用了。」蔚以珊緊緊握著那只髮夾，很是愛惜。

李廉現在是大學教授，走的路可說是平步青雲，蔚以珊在門口幫他繫好領帶，拍拍他燙得平整服貼的西裝外套，甜甜笑著。「路上小心。」

他心一暖，問：「晚餐想吃什麼？我買回來。」

蔚以珊有幾分出神，十二月的天氣凍得她鼻頭通紅，她看著李廉衣冠楚楚的身影，反問：「阿廉，你愛我嗎？」

李廉心想，都幾歲了？蔚以珊還總愛聽情話。

行啊，不管是什麼情話他都能說，要多少有多少。可能是年紀大了有點感性，他覺得自己以前太混蛋，現在想要彌補那些過錯，想重新再愛一次，想要好好對待眼前真心愛他的女人。

「愛啊，當然。」李廉害臊地笑著，心臟狂跳，宛如新婚。

只是人不能說太多次謊，說太多次就會變成放羊的孩子，就算哪天說了真話，也沒人相信了。

蔚以珊喃喃自語：「我想醒來了。」

「什麼？」外頭風聲太大，他沒聽清。

蔚以珊笑著搖頭，跟他揮手道別。

「我想醒來了。」進屋後看著客廳裡的結婚紀念照，她又說了一次。

從冬天開始的虛幻美夢，就在冬天裡落幕。

李廉心情很好，在車裡哼著歌，想著蔚以珊嗜甜，晚上要買些甜點回家。頻頻從後照鏡中看著越來越遠的家，即使距離遙遠，他還是能看見一抹鮮紅，那顏色在他眼裡濃得化不開。

風車在風裡旋轉，轉呀轉成回家的路，再也不會走丟……

終章、藏存

「能問問妳和死者的關係嗎？」

「我們是朋友。」

「妳是怎麼進入她家的？根據我們調查，大門有裝密碼鎖。」

「密碼……我知道密碼。」

「爲什麼妳會知道？」

「她說的，她曾經和我過。」

「死者用妳的生日設成大門密碼，妳們一定是很要好的朋友吧？」

「我們……認識很久了，超過十年了。」

「對於她自殺的行爲，之前有出現什麼徵兆嗎？」

「不，沒有……」

「那妳知道死者一直有在服用安眠藥和抗憂鬱的藥物嗎？」

「……不知道。」

「警方查到了幾年前的研究報告，看過內容後，懷疑李廉是以研究爲目的接近死者的，對此妳有什麼看法？」

「我……知道。」

「所以妳明明知道朋友的丈夫把她當成研究對象，卻沒告訴她？」

「對。是我的錯。」

「妳覺得死者知道這件事嗎？」

「我想……她知道，應該早就知道了。」

「妳還有什麼想說的嗎？」

「請問，可以給我一根菸嗎？」

「拿去，就這一根！照理來說警局裡不能抽菸。」

「……抱歉，還是別給我了。」

「妳要人呢？」

「我答應她要少抽一點了，我答應過的。」

美夢之外的世界原來殘酷到讓人難以呼吸。

趙莎莎彷彿看見了幻覺，看見老舊電影的畫面，粗糙畫質混雜著訊號雜點，只是主角楚門換成了蔚以珊，那個笑得慧黠可愛的女孩。

每一幀畫面裡的她都是那樣美好如初。

女孩在急流中奮力駛向彼端，駛向那個巨大攝影棚的邊界，然後在推門而出之前，回頭看了她一眼，琥珀色的眼瞳還是那麼澄澈乾淨。

女孩笑著開口——

"Good morning, and in case I don't see you, Good afternoon, Good evening, And good night."

全文完

後記

生而爲人，追求幸福不是與生俱來的本能嗎？

寫下這個故事時是疫情嚴峻的時候，我暫時無法工作，終日在家，成天不變又安靜的房間景色讓人心悶。

家裡的氣氛不太好，低氣壓籠罩，這也是我第一次意識到家人問題的嚴重性，感受到自己的無能爲力……軟弱的我最終什麼也沒說，不去看、不去聽，假裝什麼都感受不到，就像蔚以珊那樣，裝睡的人是永遠叫不醒的。

我們往往渴望活成黑暗中拯救別人的那束白光，但事與願違，我們最終往往活成了白雪中那道熏眼的黑煙。

沒錯，人性就是這樣眞實又不堪，可正因爲如此不堪，有時才會更迷人吧？

這是個很沉重的故事，讀完大概心情不會變好，只會更糟。

但還是謝謝每個願意看這個故事的讀者，在書寫的過程中，我也多次剖析自己的內心，刨根究底，那是非常累的過程。

我仍在找尋幸福的路上，不知道你們的「幸福」是什麼呢？我最近的體悟是，一旦停下腳步的話就什麼也沒有了，我打算好好解決自己面對的問題，希望大家也能好好正視自己的人生。

夢歸夢，可以放縱，但不能沉淪。

夢裡很美，可是沒有眞實：）

2022/03/13　Trouble Vivi

國家圖書館出版品預行編目資料

贈以風信子 / Trouble Vivi 著 . -- 初版 . -- 臺北市：出城邦原創股份有限公司出版：英屬蓋曼群島商家庭傳媒股份有限公司城邦分公司發行，民 111.04

面；　公分 . -- (PO 小說 ；64)

ISBN 978-626-95940-1-6 (平裝)

863.57　　111004897

PO 小說 64

贈以風信子

作　　者／Trouble Vivi
企畫選書／楊馥蔓
責任編輯／游雅雯、林辰柔
行銷業務／林政杰
版　　權／李婷雯

網站運營部總監／楊馥蔓
副總經理／陳靜芬
總 經 理／黃淑貞
發 行 人／何飛鵬
法律顧問／元禾法律事務所　王子文律師
出　　版／城邦原創 POPO 出版　城邦原創股份有限公司
台北市中山區民生東路二段 141 號 6 樓
電話：(02) 2509-5506 傳真：(02) 2500-1933
POPO 原創市集網址：www.popo.tw　POPO 出版網址：publish.popo.tw
電子郵件信箱：pod_service@popo.tw
發　　行／英屬蓋曼群島商家庭傳媒股份有限公司城邦分公司
聯絡地址：台北市中山區民生東路二段 141 號 11 樓
書虫客服服務專線：(02) 25007718．(02) 25007719
24 小時傳真服務：(02) 25001990．(02) 25001991
服務時間：週一至週五 09:30-12:00．13:30-17:00
郵撥帳號：19863813　戶名：書虫股份有限公司
讀者服務信箱 email：service@readingclub.com.tw
城邦讀書花園網址：www.cite.com.tw
香港發行所／城邦（香港）出版集團有限公司
地址：香港灣仔駱克道 193 號東超商業中心 1 樓
email：hkcite@biznetvigator.com
電話：(852) 25086231　傳真：(852) 25789337
馬新發行所／城邦（馬新）出版集團 Cité(M)Sdn. Bhd.
41, Jalan Radin Anum, Bandar Baru Sri Petaling,
57000 Kuala Lumpur, Malaysia.
電話：(603) 90578822　傳真：(603) 90576622
email：cite@cite.com.my

封面設計／也津
電腦排版／游淑萍
印　　刷／漾格科技股份有限公司
經 銷 商／聯合發行股份有限公司
電話：(02) 2917-8022　傳真：(02) 2911-0053

□ 2022 年 (民 111) 4 月初版　Printed in Taiwan.

定價／ 300 元